Mr. WILLIAM
SHAKESPEARE

윈저의 즐거운 아낙네들
The Merry Wives of Windsor

국립중앙도서관 출판시도서목록(CIP)

윈저의 즐거운 아낙네들 / 셰익스피어 지음 ; 김정환 옮김. — 서울 : 아침이슬, 2010
p. ; cm. — (셰익스피어 전집 ; 9)

원표제: The Merry Wives of Windsor
원저자명: William Shakespeare
영어 원작을 한국어로 번역
ISBN 978-89-6429-105-4 04840 : ₩10000
ISBN 978-89-88996-82-9(세트)

영국 희곡[英國戱曲]

842-KDC5
822.33-DDC21 CIP2010000684

윈저의 즐거운 아낙네들
The Merry Wives of Windsor

셰익스피어 지음 | 김정환 옮김

아침이슬

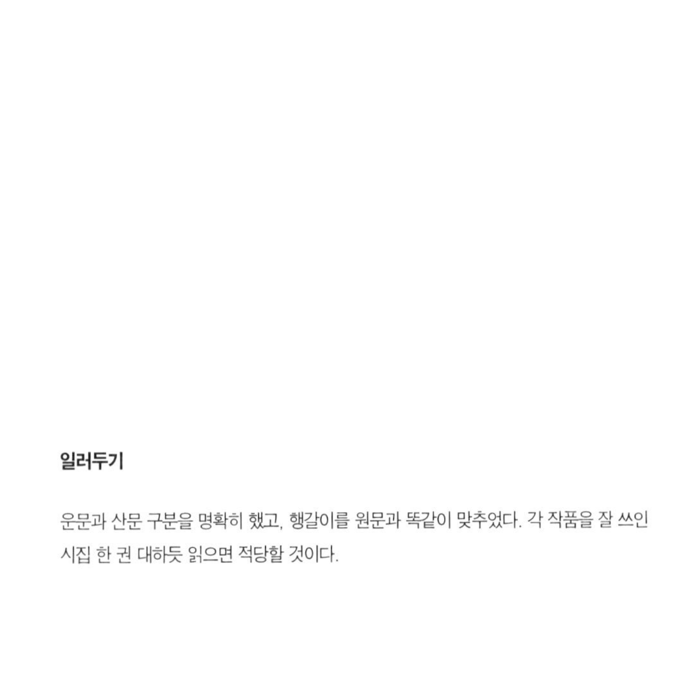

일러두기

운문과 산문 구분을 명확히 했고, 행갈이를 원문과 똑같이 맞추었다. 각 작품을 잘 쓰인 시집 한 권 대하듯 읽으면 적당할 것이다.

등장인물

마거릿 페이지 부인
미스터 조지 페이지 마거릿의 남편
앤 페이지 페이지 부부의 딸
윌리엄 페이지 페이지 부부의 아들
앨리스 포드 부인
미스터 프랭크 포드 앨리스의 남편
(이상 윈저의 시민들)

존
로버트
(이상 포드 씨네 하인들)

존 폴스타프 경

바아돌프
피스톨
님
(이상 존 폴스타프 경 패거리)

로빈 존 폴스타프 경의 시동
가터('양말 대님') **여관의 남자 주인**
휴 에번스 경 웨일스 인 목사
카이어스 박사 프랑스 인 의사
미시즈 퀴클리('재빠른') 카이어스의 가정부
존 러그비 카이어스의 하인
미스터 펜튼 앤 페이지와 사랑에 빠진 젊은 신사
미스터 에이브러햄 슬렌더('가냘픈')
로버트 셸로우('천박한') 슬렌더의 숙부, 치안 판사
피터 심플('단순한') 슬렌더의 하인
윈저의 어린아이들 요정들로 등장

대사에 나오는 외국 명

판다로스 그리스와 트로이의 휴전 협약을 깨 트로이를 멸망에 이르게 하는 활의 명수

유로파 제우스가 사랑한 소녀. 제우스가 유로파의 사랑을 얻기 위해 수소로 변했다.

레다 백조로 변한 제우스와 정을 통한 스파르타의 왕비

악테온 아르테미스의 노여움으로 사슴이 되었다가 자신의 사냥개에게 물려 죽은 영웅적인 사냥꾼

제1막

폴스타프, 그 기사 폼 잡는 나쁜 놈이
그의 여자를 꼬드기고, 그의 돈을 차지하고,
또 그의 푹신한 침대를 더럽히려고 한다고 말야.

1막 1장

길거리. 후에 페이지 집 입구로 옮겨진다.

지방 판사 셸로우, 그의 조카 미스터 슬렌더, 그리고 휴 에번스 경 등장

셸로우 휴 목사님, 더 이상 말씀 마세요. 난 최고 재판소에 고소할 겁니다. 그자가 존 폴스타프 경 스무 명이라 해도, 로버트 셸로우를 모욕하면 안 되지. 기사 바로 아래 향사를 말이오.

슬렌더 글로스터 구의 치안 판사시고요. 라틴어로 쿠오룸이냐 뭐시냐.

셸로우 그렇고말고, 슬렌더 조카. 그리고 쿠스탈로룸이냐 뭐시냐 문서 담당이시기도 하지.

슬렌더 그래요. 로타롤룸이냐 뭐시냐 그게 덧붙죠. 신사 혈통이고요. 목사님. 온갖 문서, 증서, 채무 면제서, 혹은 채무 증서에 '아미저로', 문장 지참자라고 서명하는 향사분이십니다.

셸로우 맞아. 그게 내 일이지. 300년 동안 안 그랬던 적이 없다구.

슬렌더 이분 이전 죽은 온갖 자손들이 그 일을 했다는 거고, 이분 이후 죽을 온갖 조상들이 그 일을 할 거라는 거죠. 하얀 루스가 한 타스나 되는 문장(紋章)을 코트에 달고 다닐 수 있어요.

셸로우 오래된 문장이지.

에번스 하얀 라우스 열두 마리면 낡은 코드에 어울리겠네요. 아주 잘 어울려요, 인간에게 친숙한 짐승이고, 사랑을 뜻하니까요.

셸로우 라우스, 이가 아니라 루스, 창꼬치요, 코드가 아니라 코트고. 창꼬치는 싱싱한 생선이오, 코트는 문장 달린 겉옷이고, 코드는 짠물 대구고. 거, 웨일스 인 아니랄까 봐 '우'는 아예 빼먹고 트, 프, 침 튀는 발음투성이군.

슬렌더 제가 문장 네 부분 중 하나에 하나를 더 붙일 수 있죠, 삼촌.

셸로우 그럴 수 있겠지, 결혼하면.

에번스 찢어지면 엉망이 되죠.

셸로우 그런 소릴.

에번스 정말 맞잖아요. 그가 네 벌 옷 중 하나를 가져가면 , 당신은 치마 세 벌밖에 안 남잖아요, 칸단한 셈법이죠. 그건 크렇고. 존 폴스타프 경이 탕신한테 못되게 쿨었다면, 처는 교회의 총이니까요, 기꺼이 나서서 사과를 시키고 탕신들을 화해시키고 싶은데요.

셸로우 위원회에 고발하겠소, 폭동이 따로 없으니까.

에번스 교회 위원회가 소요죄를 묻는다는 건 적절치 않은데요, 신을 두려워하는 자들이 소요를 일으킬 리 없는데요. 교회 위원회는, 보세요, 하나님을 두려워하는가가 쿵금하지, 소요가 쿵금하지 않은데요. 그 점을 고려해야지.

셸로우 하, 이거야 원! 정말, 몇 년만 더 젊었어도, 칼로 끝장냈을 텐데.

에번스 친구가 칼이 되어 끝장을 내야 하죠. 그리고 또 다른 계책

이 생각나는데요, 아마도 잘되지 않을까 싶은데. 앤 페이지라는 분이 미스터 조지 페이지의 딸인데, 예쁜 처녀죠.

슬렌더 앤 페이지 양 말요? 갈색 머리에 목청이 여자 소프라노 같은?

에번스 분명 그 사람일 거예요, 당신 마음에 꼭 들 것이죠. 그리고 거금 700파운드, 그리고 금과 은을, 그녀 할아버지가 죽을 때 남겨 주었어요—하나님, 그를 즐거운 부활로 인도하소서—열일곱 살이 되면 그녀가 받을 수 있어요. 사소한 송사로 밍기적거리느니, 미스터 에이브러햄과 미스 앤 페이지 사이 결혼을 바라는 게 좋을 것 같아요.

슬렌더 그녀 할아버지가 그녀한테 700파운드를 남겼다고요?

에번스 그럼요, 그리고 그녀 아버지가 훨씬 더 많이 줄 거예요.

셸로우 그 아가씨는 내가 잘 알지. 자질이 괜찮아.

에번스 700파운드와 그보다 더 많은 기대치면 괜찮은 재질이죠.

셸로우 좋아, 정직한 미스터 페이지를 만나 보세. 폴스타프가 여기 있나?

에번스 제가 거짓을 말할까요? 나는 거짓된 사람, 혹은 진실되지 않은 사람을 경멸하듯이 거짓말쟁이를 싫어해요. 기사 존 경이 여기 있습니다, 그리고 청컨대 당신께 호의적인 사람들 말대로 하세요. 제가 문을 두드려 미스터 페이지를 부르죠.

〔문을 두드린다〕

이보시오, 이 집에 신의 가호가 있기를!

페이지 〔안에서〕 누구요?

에번스 신의 가호와 당신의 친구요, 그리고 치안 판사 셸로우, 그리고 젊은 미스터 슬렌더, 괜찮으시다면 또 다른 얘기를 들려 줄 분이죠.

미스터 페이지 등장

페이지 목사님, 어서 오세요. 사슴 고기 잘 받았습니다, 미스터 셸로우.

셸로우 미스터 페이지, 반갑습니다. 정말 친절한 말씀이시군요! 좀 더 나은 걸 보내 드렸어야 했는데, 어떤 자가 불법 도살 한 거였어요—마음씨 고운 부인께서도 잘 계시죠?—정말 늘 진심으로 감사 드리고 있습니다, 진심으로요.

페이지 판사님, 감사합니다.

셸로우 선생, 제가 감사하지요. 앉으나 서나 말입니다.

페이지 만나서 반갑소, 훌륭하신 미스터 슬렌더.

슬렌더 선생네 옅은 갈색 그레이하운드는 잘 있나요? 듣자니 카츠우드 언덕 경주에서 졌다던데요.

페이지 판정이 애매했지요, 선생.

슬렌더 졌다는 얘기는 안 하시는군, 안 하셔.

셸로우 그야 당연하지. 묻는 네가 잘못이지, 잘못이야.

(페이지에게) 좋은 갭니다.

페이지 잡종인데요, 뭐, 판사님.

셸로우 선생, 좋은 개예요, 잘생겼고요. 그 이상 말이 필요합니까? 좋은 개고 잘생겼어요. 존 폴스타프 경 여기 있지요?

페이지 판사님, 그가 안에 있습니다, 그리고 제가 두 분 사이 화해를 주선했으면 합니다.

에번스 기독교인다운 말씀이군요.

셸로우 그는 내게 모욕을 주었습니다, 미스터 페이지.

페이지 판사님, 그도 뭐랄까 시인하고 있습니다마는.

셸로우 시인한 거 하고, 죄가 사해지는 거 하고는 다르지요. 안 그렇습니까, 미스터 페이지? 그가 나를 모욕했어요, 정말 그랬다 이겁니다. 한마디로, 그랬어요. 참으로 나, 로버트 셸로우, 향사 신분이, 모욕을 당했다 이거요.

존 폴스타프, 바아돌프, 님, 그리고 피스톨 등장.

페이지 존 경이 나오시네요.

폴스타프 이보게, 미스터 셸로우, 나를 국왕한테 고발하겠다고?

셸로우 기사 양반, 당신은 내 부하들을 패고, 내 사슴을 죽이고, 또 내 숲지기 오두막을 박살 냈잖소.

폴스타프 하지만 당신 숲지기 딸과 입을 맞추지는 않았잖소?

셸로우 쳇, 같잖은 소리. 당신, 답변을 해야 할 거요.

폴스타프 당장 답변하지, 그 모든 짓을 내가 했다. 이게 답변이오.

셸로우 위원회에서 사실을 알게 될 거요.

폴스타프 비밀 위원회 사항으로 돌리는 게 더 나을걸. 웃음거리가 될 게 뻔한데.

에번스 금언, 존 경, 말을 아끼셔요.

폴스타프 말을 아껴? 좆을 아껴라!—슬렌더, 그래 내가 네 머리를 깠다. 그래서 나한테 뭐가 불만인 게야?

슬렌더 그걸 말씀이라고, 경, 머리가 지끈지끈한 게 당신한테 불만이고, 당신의 공갈 모리배, 바아돌프, 님, 그리고 피스톨한테 불만이지.

바아돌프 이런 얄팍한 반베리 치즈 같은 게!

슬렌더 그래, 그만둡시다.

피스톨 뭘 그만둬, 이 메피스토펠레스처럼 비썩 마른 놈아?

슬렌더 그래요, 그만두자니까요.

님 정말 말을 얇게 저미네. 저며 버린다, 거 마음에 드는군.

슬렌더 (셸로우에게) 내 하인 심플은 어디 갔지? 아세요, 삼촌?

에번스 참아요, 제발. 자 봅시다. 본 건에는 중재자가 셋이군요, 제가 보기엔. 즉, 미스터 페이지, 말하자면 미스터 페이지, 그리고 저 자신, 말하자면 저 자신, 그리고 세 부류는, 마지막으로 또 최종적으로, 우리의 가터 여관 주인.

페이지 우리 셋이 경위를 듣고, 그들 사이 조정을 하는 거죠.

에번스 초아요. 제가 수첩에다 간단히 적어 보지요, 그런 다음 우리가 그 원인을 아주 심사숙고해 보는 거죠.

폴스타프 피스톨.

피스톨 두 귀 쫑긋 세우고 있습죠.

에번스 악마와 그 어미로다. 무슨 말이 이래요? '두 귀 쫑긋 세우고 있습죠'라니! 이런, 이건 과장법이에요.

폴스타프 피스톨, 네가 미스터 슬렌더 지갑을 슬쩍했나?

슬렌더 그럼요, 이 장갑에 맹세컨대—아니라면 내가 근사한 내 침실로도 들어가지 않을 것이오—6펜스 값어치의 새 4펜스짜리 은화 일곱 개, 그리고 에드 밀러한테서 하나에 2실링 2펜스씩 주고 산 원반치기용 옛 에드워드 실링화 두 개를 슬쩍했소. 이 장갑에 맹세코.

폴스타프 진짜냐, 피스톨?

에번스 아뇨, 거짓이죠, 그가 소매치기라면.

피스톨 하, 이런 웨일스 산골 촌놈 같으니! 존 경이자 나의 주인님, 이 스페인 빌바오산 합금 장검처럼 빼빼 마른 놈한테 결투 신청을 하는 바입니다.—

여기 이 네놈 입술에다 아니다라고 새겨 주지,

아니다라고 말야. 이 거품 찌꺼기 같은 놈, 얻다 대고 거짓말이야.

슬렌더 〔님을 가리키며〕 이 장갑에 맹세컨대, 그렇다면, 저자입니다.

님 함부로 씨불이지 말고, 몸조심하는 게 좋을걸. 네가 경찰 행세를 하며 날 엿 먹이면 난 '좋다, 오냐, 너 제대로 걸렸다' 그럴 테니까. 가차 없이 말이다.

슬렌더 이 모자를 걸고 맹세컨대, 그렇다면, 저 얼굴 붉은 자가 맞아요. 아무리 내가 당신네들이 먹인 술에 곤드레만드레 취한 상태였지만, 그 정도로 바보 멍청이는 아니라고요.

폴스타프 〔바아돌프에게〕 자네 답변은, 빨강 머리?

바아돌프 네, 주인님, 제 입장은 저 신사분이 하도 술을 처먹어서 오장이 다 엉망이 되었다 이겁니다.

에번스 '오감'이지. 저런, 무식하기는!

바아돌프 그리고 엉망으로 취했으니, 주인님, 사람들 말마따나, 퍽했다는 거죠. 그리하여 뭐가 뭔지 모르는 거구요.

슬렌더 그래, 당신도 무슨 라틴어 지껄이듯 하는군. 하지만 상관없어. 난 술을 입에 대지 않겠어, 살아 있는 동안, 결코 다시는, 오로지 정직하고, 온순하고, 독실한 사람들하고만 어울리겠어, 이 일을 교훈 삼아 말이오. 설사 마시더라도, 하나님을 두려워하는 사람들하고만 마시겠어, 술 취한 악당들이 아니라.

에번스 하나님 판단에 감사, 고결한 결심이오.

폴스타프 모든 일이 부인되었소, 신사분들, 모두 들으셨습니다.

포도주를 들고 앤 페이지 등장

페이지 아니다, 얘야, 포도주를 안으로 들여가거라. 우린 안에서 마실 거야.

앤 퇴장

슬렌더 오, 하느님 아버지, 앤 페이지 양이다!

다른 문으로 포드 부인과 페이지 부인 등장

페이지 잘 지내십니까, 포드 부인?

폴스타프 포드 부인, 진실로, 반갑습니다. 괜찮으시다면, 상냥하신 부인.

폴스타프 경, 포드 부인에게 입을 맞춘다.

페이지 여보, 이 신사분들을 맞으시구려.—가시죠, 따끈한 사슴고기 파이를 저녁으로 준비했습니다. 가세요, 신사분들, 술 한잔과 함께 이 모든 불화를 씻어 냈으면 좋겠군요.

슬렌더만 남고 모두 퇴장

슬렌더 40실링을 주더라도 연애 시집 하나 있어야겠네.

〔심플 등장〕

이놈, 심플, 어디 있었나? 내 시중을 나 스스로 들어야겠나, 그런 거야? 그 수수께끼 책 네게 없지, 있어?

심플 수수께끼 책요? 아니, 그거 10월 미카엘 축일 한 달 뒤 만성절 날 앨리스 쇼트케익한테 빌려 주셨잖습니까?

셸로우와 에번스 등장

셸로우 〔슬렌더에게〕 들어와, 조카. 들어오라구, 조카. 너를 기다리고 있어. 〔슬렌더에게 방백〕 잠깐 얘기 좀 하자, 조카.

〔셸로우가 슬렌더를 옆으로 끌고 간다〕

잘 들어, 내 말, 조카. 그게 말이다, 아 은근한, 에둘러 가는 식으로 여기 휴 경이 일을 추진하고 있단 말이다. 무슨 말인지 알겠니?

슬렌더 그럼요, 삼촌, 전 합리적인 사람이에요. 그러니, 합리적으로 일을 처리해야죠.

셸로우 아니, 그 얘기가 아니고, 내 말 잘 들으라니까.

슬렌더 그러고 있어요, 삼촌.

에번스 그분 말대로 하세요, 미스터 슬렌더, 내가 당신께 문제 설명해 줄게요, 당신이 할 수 있다면.

슬렌더 글쎄, 저는 셸로우 삼촌 말씀대로 한다니까요. 정말 죄송해요. 이분은 이 지방 치안 판사란 말이죠, 비록 제가 여기 멍청하게 서 있지만 말이죠.

에번스 하지만 그 얘기가 아니고요. 당신 결혼에 관한 얘기죠.

셸로우 맞아, 바로 그 얘기죠, 선생.

에번스 결혼, 그거죠, 바로 그거예요—앤 페이지 양과요.

슬렌더 아, 그거라면, 합리적이라면 어떤 요구도 받아들이고 그녀와 결혼하겠어요.

에번스 하지만 당신 그 여자 사랑할 수 있나요? 우린 그 대답을 들어야 하는 것이죠, 당신 입으로, 혹은 당신 입술로—왜냐면 여러 철학자들이 입술은 입의 일부 혹은 한 조각이라 주장해요. 그러므로, 정확히, 당신은 그녀에게 호의를 가져갈 수 있나요?

셸로우 내 조카 에이브러햄 슬렌더, 그녀를 사랑할 수 있겠나?

슬렌더 그럴 수 있을걸요, 삼촌, 사리분별 있는 사람에게 어울릴 테니 그러겠어요.

에번스 그 참, 쓰잘 데 없이 말 많네요, 당신이 그녀를 원한다면 바로 그렇다고 말해야 한다니까요.

셸로우 그래야 하느니. 너는, 지참금이 꽤 된다면, 그녀와 결혼하겠니?

슬렌더 삼촌이 원하신다면 그보다 더한 일도 저는 하지요, 어떤 이유든.

셸로우 아이고, 정말 못 알아듣네, 못 알아듣는구나, 내 조카가. 내가 하는 일은 너를 기쁘게 하기 위해서야, 조카. 그 처녀를 사랑할 수 있니?

슬렌더 전 그녀와 결혼할 거예요, 삼촌, 삼촌이 원하시면. 하지만 시작 때 사랑이 그리 크지 않다면, 좀 더 알게 되면서, 우리가 결혼을 하고 서로를 알게 될 기회가 좀 더 많을 때, 사랑이 감소한다고 보는 게 맞죠. 감소가 늘어난다는 뜻 맞나, 증가한다 아닌가? 익숙해지면 더 경멸하게 되는 거라고 전 봐요. 경멸, 맞나, 만족 아닌가? 하지만 삼촌이 '그녀와 결혼해라' 그러시면, 그녀와 결혼하는 거죠. 그 점 저는 결심이 자유롭고 분방합니다.

에번스 매우 현명 대답이요, 근데 단어 '분방' 틀렸어. 맥락으로 보면 '분명'이 맞죠. 내용은 좋았어요.

셸로우 예, 의도가 좋았죠.

슬렌더 그럼요, 아니면 목매달아도 제가 할 말이 없지요.

앤 페이지 등장

셸로우 어여쁜 앤 양이 오시네.—아가씨를 보니 나도 젊어지고 싶군요, 앤 양.

앤 식사 준비가 다 되었습니다. 아버님께서 어른들을 모셔 오라십니다.

셸로우 가서 뵙도록 하지요, 아름다운 앤 양.

에번스 어서 갑시다, 감사 기도에 늦으면 안 되죠.

셸로우와 에번스 퇴장

앤 (슬렌더에게) 신사분께서도 들어가시지요?

슬렌더 아뇨, 고맙습니다, 정말, 진정으로요, 전 매우 괜찮습니다.

앤 식사가 마련되었는데요, 신사분.

슬렌더 전 배고프지 않아요, 고맙습니다, 정말. (심플에게) 가라, 이놈아, 넌 내 하인이니, 가서 셸로우 삼촌 시중을 들어야지. (심플 퇴장)
치안 판사라 해도 친구한테 하인을 신세져야 할 때가 종종 있지요. 전 아직 하인 셋과 소년 한 명 밖에 못 거느립니다, 어머니께서 돌아가실 때까지는요. 하지만 그게 뭐 대숩니까? 그냥 출신 가난한 신사 분수에 맞게 사는 거죠.

앤 신사분께서 들어가시지 않으면 저도 들어갈 수가 없어요. 손님들이 식사를 안 하고 기다리실 테니까요.

슬렌더 정말, 전 아무것도 먹지 않겠습니다. 먹은 거나 다름없이 감사드립니다.

앤 부디, 신사분, 들어가세요.

안에서 개가 짖는다.

슬렌더 여기서 그냥 좀 걷겠습니다, 고맙습니다. 일전에 정강이를 좀 다쳤거든요, 펜싱 선생과 장검 단검 시합을 하다가요—삶은 자두 한 접시를 걸고 삼합을 겨뤘죠—그리고, 정말로, 그 후로는 뜨거운 음식 냄새를 못 견디겠어요. 왜 댁네 개가 저리 짖지요? 읍에 곰 놀이꾼이 들어왔나요?

앤 그런가 봅니다, 신사분. 얘기들 하시는 걸 들었어요.

슬렌더 저도 곰 골리기 놀이 꽤 좋아하죠—하지만 잉글랜드 사람 어느 누구 못지않게 그 놀이에 반대하는 입장입니다. 곰이 쇠사슬을 끊으면 무섭겠지요, 그렇지 않아요?

앤 그럼요, 신사분.

슬렌더 그게 내 일용의 양식인 셈이에요, 지금은요. 새커슨 곰은 쇠사슬을 끊은 게 무려 스무 번이에요, 그리고 한번은 내가 그 곰 쇠사슬을 잡아 봤어요. 하지만 정말, 여자들이 비명과 절규를 어찌나 지르던지 말로 표현하기가 힘들 정도더라구요. 여자들은, 정말, 곰이라면 질색일 거예요. 아주 못 생기고, 사납잖아요.

페이지 등장

페이지 오세요, 친절한 미스터 슬렌더, 들어오세요. 우리 모두 기다리고 있습니다.

슬렌더 전 아무것도 먹지 않겠습니다, 고맙습니다, 선생.

페이지 저런요, 그러시면 안 되죠, 선생. 오세요, 오세요.

슬렌더 아닙니다, 앞장서시죠.

페이지 가십시다, 선생.

슬렌더 앤 양, 아가씨가 먼저 가시죠.

앤 아녜요, 신사분. 계속 가셔요.

슬렌더 참으로, 전 먼저 가지 않겠습니다, 참으로. 아가씨한테 그런 실례를 할 수는 없어요.

앤 부디, 신사분.

슬렌더 그럼 심려를 끼치느니 비신사 쪽을 택해야겠군요. 아가씨는 정말 아가씨 자신한테 너무 하시네요.

슬렌더 먼저 퇴장, 나머지가 뒤를 따른다.

1막 2장

계속 페이지 집 앞

식탁 쪽으로부터 에번스 경과 심플 등장

에번스 곧장 가면서, 도중에 카이어스 의사 선생님 댁을 찾아요. 그러면 거기 퀴클리란 여자분이 사는데, 그 집 하녀든가, 혹은 가정부든가, 혹은 요리사든가, 혹은 빨래 담당이든가, 혹은 세탁 담당이든가, 혹은 탈수 담당이든가 그래요.

심플 알았습니다, 목사님.

에번스 아니, 더 있네. 그녀에게 이 편지를 주세요, 그 여자 앤 페이지 양과 잘 알아요. 그리고 편지는 앤 페이지 양에 대한 당신 주인의 마음을 잘 설득해 달라는 마음을 썼어요. 빨리 가세요. 〔심플 퇴장〕

식사를 마저 해야지, 사과와 치즈가 나온댔지.

퇴장

1막 3장

가터 여관

존 폴스타프 경, 바아돌프, 님, 피스톨, 그리고 소년 로빈 등장

폴스타프 이보슈, 가터 주인장!

가터 여관의 주인 등장

주인 부르셨소, 알량한 골목대장 나리? 학자처럼 현명한 분이 무슨 일이신지.

폴스타프 참으로, 주인장, 내가 부하 몇 놈을 퇴출시켜야 하겠는데.

주인 폐기처분이군요, 헤라클레스 골목대장, 해고. 제 갈 길들 하게 하세요. 총총 걸음으로.

폴스타프 내 숙박비가 주당 십 파운드 아니오.

주인 황제죠, 케사르, 카이저, 그리고 터키 집정관 피이저. 바아돌프는 내가 쓰리다. 술통 마개 뽑고 바 시중드는 일을 시키겠소. 됐소, 헥토르 골목대장?

폴스타프 그러시오, 고마우신 주인장.

주인 그럼 됐소, 날 따르라 하시오. (바아돌프에게) 자네 맥주에 거품 내고 포도주에 석회 타는 솜씨 좀 보여 주게. 농담 아니야.

따라오라구. 〔퇴장〕

폴스타프 바아돌프, 그를 따라가거라. 급사는 좋은 직업이야. 낡은 외투에서 새 조끼 나는 셈이지, 쭈글탱이 하인에서 싱싱한 급사로 나는 거 아니냐. 가거라, 안녕.

바아돌프 제가 원했던 삶이죠, 출세할 겁니다. 〔퇴장〕

피스톨 저런 형편없는 거렁뱅이 헝가리 놈 같으니, 술통 마개나 휘두르겠단 말이냐?

님 술김에 생겨난 놈이라, 심성이 영웅적이지 않거든. 내 유머 꽤 괜찮은 아이디어였지?

폴스타프 부싯깃 통처럼 붉으락푸르락하는 놈 하나 없애니 기분 좋구나. 그놈 도둑질은 너무 노골적이야. 슬쩍은커녕 영판 서투른 가수지, 박자가 형편없다구.

님 일 분 안에 훔쳐야 제 맛이지요.

피스톨 '운반한다'라고 한다우, 현자들은. '훔친다'? 거 무슨 씹 같은 소리!

폴스타프 근데, 이보게들, 난 거의 파산지경이야, 발뒤꿈치에 불이 날 지경이라구.

피스톨 그거야, 발뒤꿈치 동상으로 막으면 되죠.

폴스타프 치료약이 없어. 사기를 치고, 머리를 굴릴밖에.

피스톨 갈까마귀 새끼들도 먹을 게 있어야 하구요.

폴스타프 누구 이 읍 사는 포드라고 아나?

피스톨 제가 그치를 알지요. 엄청 부자예요.

폴스타프 나의 충실한 아해들아, 내가 어쩌려는고 하냐면.

피스톨 2야드 넘는 그 배둘레햄을 거들먹거리시겠죠.

폴스타프 객쩍은 소리 할 때가 아니다, 피스톨. 그래, 내 허리가 2

야드쯤 되는 건 맞아. 하지만 그런 허리 낭비 얘기가 아냐, 근검절약 얘기지. 간단히 말해서, 난 포드 마누라와 정말 연애를 해 볼 참이다. 난 알아, 그녀는 딱 먹음직스러운 상태야. 말하는 거 하며, 손 모양 짓는 거 하며, 눈웃음 실실 흘리며 추파를 던지는 거 하며. 난 해석할 수 있어, 그녀의 낯익은 양식을, 그리고 그녀 행동의 가장 분명한 음성, 그 능동태는 제대로 된 영어로 이렇게 되지, '저는 존 폴스타프 님의 여자예요'.

피스톨 제대로 된 연구네요, 그녀의 의중을 번역해 내셨군요, 라틴어 순결을 영어 음탕으로.

님 닻이 깊숙하군. 이 말 검열에 걸리지 않을까?

폴스타프 들어 봐, 들리는 말에는, 그 여자가 자기 남편 지갑에 전권을 행사한다는 거야, 그가 지닌 금화는 천사 군대만큼 부지기순데 말야.

피스톨 부지기수의 악마를 맞으려는 거죠, '총공격!'이다 이겁니다.

님 문자가 느는군, 좋은데. 천사들에게도 그 유머를!

폴스타프 〔편지를 보이며〕 여기 그녀에게 보내려 쓴 편지가 있다— 그리고 이건 페이지 마누라한테 보낼 거고, 그년 또한 방금 전 내게 은근짜를 놓으며 내 몸을 달뜬 눈초리로 훑지 않겠느냐, 어떤 때는 그녀 눈초리가 내 발을 황금빛으로 물들였고, 어떤 때는 내 뚱뚱한 배를 그랬단 말이다.

피스톨 그렇담 똥통에 태양이 비춘 거군요.

님 적절한 유머였다구 봐.

폴스타프 하 고년, 내 온몸을 샅샅이 훑는데, 어찌나 밝히던지, 그녀 눈의 식욕이 볼록렌즈처럼 햇빛을 모아 내 몸을 태워 버릴 것 같았다니까. 이게 그녀한테 보내는 또 하나의 편지다. 그녀도 지갑을 쥐고 있지. 황금과 하사금으로 넘치는 기아나 땅이지. 두 여자한테 내가 추징관 노릇이든 사기꾼 노릇이든 해서 돈을 우려낼 것이니 두 여자 모두 나의 재무장관 노릇을 하는 셈이지. 두 년 각각이 나의 동인도와 서인도다 이 말씀이야, 두 년 모두와 내가 거래를 하시겠다 이 말씀이고. (피스톨에게 편지 한 통을 주며) 이 편지를 갖고 페이지 부인에게 가거라. (편지 한 통을 님에게 주며) 그리고 너는 이것을 포드 부인에게 전하는 거야. 우린 돈을 펑펑 쓰게 될 거야, 이보게들, 펑펑 쓰게 될 거라구.

피스톨 (편지를 돌려주며) 트로이의 판다로스처럼 뚜쟁이 노릇을 하면서, 칼 찬 병사 노릇도 하라구요? 그럼 둘 다 때려치우겠네.

님 (편지를 돌려주며) 이런 비열한 유머는 싫네요. 자, 이런 유머-편지는 돌려드리죠. 난 행동의 명성을 지킬랍니다.

폴스타프 (로빈에게) 옜다, 얘야. 네가 이 편지들을 단단히 챙기거라. 이 황금의 해안으로 내 소형 쾌속정처럼 달려가는 거야.

(로빈에게 편지 두 통을 준다)

이놈들, 내 눈앞에서, 꺼져! 우박처럼 후다닥 사라지라구! 가라!

터벅터벅, 터덜터덜, 발바닥을 머리에 이고, 개길 데를 찾아봐, 모두 꺼져!

폴스타프께서는 시대의 유머를 배우실 것이다,

프랑스식 근검절약 말이다, 이 나쁜 놈들—나 자신과 치렁

치렁한 외투 차림의 시종 하나만 거느리겠노라.

폴스타프와 소년 로빈 퇴장

피스톨 독수리한테 내장 파 먹힐 놈!—돈을 벌려면 야바위판을 벌여야지,

주사위에 납을 박아 빈부귀천 다 말아 먹는다는 거.

내 지갑에 6펜스는 있어도 네놈은 그것도 없게 될걸,

비열한 터키 종자 같으니!

님 복수의 유머에 맞는 계획이 있는데.

피스톨 복수하려고?

님 창공과 별을 걸고 해야지!

피스톨 머리를 굴려서 아니면 칼로?

님 양쪽 유머 다 해야지, 내가. 내가 이 사랑의 유머를 포드에게 일러바치겠어.

피스톨 그럼 난 페이지한테 또한 폭로해야지,

폴스타프, 그 기사 폼 잡는 나쁜 놈이

그의 여자를 꼬드기고, 그의 돈을 차지하고,

또 그의 푹신한 침대를 더럽히려고 한다고 말야.

님 내 유머를 식히지 않을 거야. 포드를 부추겨 독을 품게 하겠어, 질투에 활활 타게 만드는 거지, 나도 화나면 무섭다구. 그게 나의 진정한 유머지.

피스톨 자네는 앙심의 군신 마르스를 하게.

내가 2인자일세. 진격.

모두 퇴장

1막 4장

카이어스 박사의 집

미시즈 퀴클리와 심플 등장

미시즈 퀴클리 어디 있나, 존 러그비!

〔존 러그비 등장〕

여단이창에 가서 내다봐요, 우리 주인, 의사 선생 카이어스 박사님 오시는지. 오시기라도 하면, 정말, 그리고 집에 누가 있는 걸 알면, 그 서툰 영어로 한바탕 난리를 치실 게 뻔하거든.

러그비 가서 보겠습니다.

미시즈 퀴클리 가 봐요, 그리고 해질 무렵 뜨거운 밀크에 술 한 잔 섞어 함께 마시자구요, 그래, 잘 타는 석탄 군불에다가.

〔러그비 퇴장〕

요즘 집안 시종치고는 보기 드물게 충직하고, 일 잘하고, 마음씨 착한 사람이죠, 그리고, 내가 보장컨대, 입이 아주 무거워요, 말썽 피우는 일도 없구요. 기도에 너무 빠진 게 최대 단점인데, 그건 좀 멍청하다고 할 수 있으니까—하지만 결점 없는 사람 없는 법. 그렇지만 그건 그렇고, 이름이 피터 심플이라고 했나요?

심플 네, 더 좋은 이름이 없어서요.

미시즈 퀴클리 그리고 주인 이름은 미스터 슬렌더?

심플 예, 그렇습니다.

미시즈 퀴클리 턱수염 기르신 분이던가, 수염이 장갑장수 다듬이 칼처럼 둥근?

심플 아뇨, 아닙니다, 주인님 얼굴은 젖살에 노란 수염이 몇 가닥 나 있죠, 카인처럼 붉은 기도 좀 있고요.

미시즈 퀴클리 도련님 스타일이네요, 그렇죠?

심플 예, 그래요, 아니, 이 근방에서는 그분만큼 용감한 분도 없을 겁니다. 숲지기하고 싸운 전력도 있으니까요.

미시즈 퀴클리 그래요?—아, 생각났다, 그분 머리를 꼿꼿이 쳐들고, 거 뭣이냐, 점잔 빼고 걷지 않아요?

심플 예, 바로 그분입니다.

미시즈 퀴클리 저런, 하늘이 앤 페이지에게 더없는 행운을 보내 주시는군요! 에번스 목사 선생님께 말씀드리세요, 제가 당신 주인을 위해 최선을 다하겠다고요. 앤은 훌륭한 처녀죠, 그리고 제 바람은—.

러그비 등장

러그비 바깥에, 어쩌죠, 주인님이 오고 계셔요! 〔퇴장〕

미시즈 퀴클리 우리 모두 혼쭐이 나겠네. 이리 들어가요, 착한 청년. 제발, 벽장으로 들어가 있어요. 오래 계시진 않을 거예요.

〔심플이 벽장 속으로 들어간다〕

이봐, 존 러그비! 존! 존, 이리 좀 오라니까!

〔러그비 등장〕

〔큰 소리로〕 가서, 존, 주인님 어디 계신가 알아봐요. 뭔 일이 생기셨나, 집에 들어오실 때가 되었는데.

〔러그비 퇴장〕

〔노래를 부른다〕 '그리고 아래로, 아래로, 그래 아래로' (등등)

카이어스 박사 등장

카이어스 무슨 노래? 이런 천박한 선율 나 싫어. 가서 그 벽장 속에 '엉 부아티에 베르' 좀 가져와—상자, 녹색 상자 말요. 내 말 들었어? 녹색 상자.

미시즈 퀴클리 예, 똑똑히 들었어요. 갖다 드리죠. 〔방백〕 그가 직접 갔으면 큰일 날 뻔했네. 청년이 있는 걸 알면, 황소처럼 길길이 뛰었을 텐데.

미시즈 퀴클리가 상자를 가지러 간다.

카이어스 페, 페, 페, 페! 마 푸아, 정말, 일 페 포르 쇼, 덥군! 주 멍 베 알라 쿠르, 궁에 가야 해. 라 그랑 아페르. 중요한 일.

미시즈 퀴클리 이건가요, 주인님?

카이어스 위, 맞아. 메-르 아 마 포슈. 내 주머니에 넣어. 데페슈, 빨리! 러그비란 놈 어디 있나?

미시즈 퀴클리 어이, 존 러그비! 존!

러그비 등장

러그비 여기 대령했어요, 주인님.

카이어스 당신이 존 러그비, 네가 러그비 놈이지. 가자, 장검을 가져와, 그리고 궁으로 갈 테니 바싹 따라붙어.
러그비 장검 준비됐습니다, 여기 현관에요.

러그비가 장검을 가져온다.

카이어스 정말, 너무 늦었어. 하나님 맙소사, 꿰 주블리에, 뭘 잊었지? 벽장에 알약이 있는데 그건 절대 갖고 가야 해.
미시즈 퀴클리 (방백) 제기랄, 청년이 발각되겠네, 저 양반은 미쳐 날뛸 테고.
카이어스 (심플을 발견하고) 오 악마다, 악마! 벽장 속에 뭐가 있는 거지? 나쁜 놈, 라롱, 도적이다! 러그비, 내 장검!

카이어스가 장검을 집어 든다.

미시즈 퀴클리 착하신 주인님, 진정하세요.
카이어스 왜 내가 진정해야 해?
미시즈 퀴클리 그 청년은 정직한 사람이에요.
카이어스 정직한 사람이 왜 내 벽장에 있나? 정직한 사람 그 누구도 내 벽장에 들어가지 않아.
미시즈 퀴클리 글쎄 제발, 민하게, 아니 그렇게 화 좀 내지 마세요. 사실대로 말씀드린다니까요. 휴 목사님께서 제게 심부름 보낸 사람이라고요.
카이어스 글쎄올시다.
심플 정말입니다, 저 여자분께 부탁—.
미시즈 퀴클리 입 닫아요, 부디.
카이어스 당신 입이나 닫아. (심플에게) 계속하시오.
심플 이 정직한 여성분, 당신 가정부께서 앤 페이지 양께 제 주인에 대해 좋게 말하여 결혼할 수 있도록 도와달라는 부탁 드리라고요.

미시즈 퀴클리 그게 다예요, 정말, 하지만 쓸데없이 그런 데 끼어들어 다칠 생각 전혀 없구요.

카이어스 휴 경이 너를 보냈다?—러그비, 베일, 종이 좀 가져와.

(러그비가 종이를 가져온다)

(심플에게) 너는 잠깐 기다려.

카이어스 박사가 편지를 쓴다.

미시즈 퀴클리 (심플에게 방백) 이제야 좀 진정이 되었네. 완전히 꼭지가 돌았으면, 고래고래 고함지르고 길길이 날뛰었을 텐데. 하지만, 그럼에도 불구하고, 이봐요, 당신 주인한테는 내가 하는 데까지 해 볼게요. 그런데 저 프랑스 의사, 우리 주인님—주인은 주인이죠, 그럼요, 왜냐면 내가 그분 집을 청소하죠, 설거지하죠, 빨래하죠, 차 끓이죠, 빵 굽죠, 윤내죠, 먹을 것 마실 것 준비하죠, 침대 정돈하죠, 그걸 모두 나 혼자 한다니까—.

심플 (미시즈 퀴클리에게 방백) 한 사람 손으로 하기에는 엄청난 일이군요.

미시즈 퀴클리 (심플에게 방백) 그렇죠? 정말 엄청난 일이야—게다가 일찍 일어나고 늦게 자야 하고. 하지만 그럼에도 불구하고, 당신한테만 하는 말이지만—이런 말 좀 그렇죠—우리 주인도 앤 페이지 양한테 홀딱 반했단 말이죠. 하지만 그럼에도 불구하고, 난 앤의 마음을 알아요, 이쪽도 저쪽도 아니라는 거.

카이어스 〔편지를 심플에게 주면서〕 너, 멍청이, 이 편지를 휴 경에게 전해라. 참으로, 결투 신청이다. 공원에서 목을 베어 버릴 테다, 그리고 비열한 멍청이 사제가 나서면 어떻게 되는지 가르쳐 주지. 가도 좋아. 여기서 꾸물대면 재미없어. 진실로, 붕알을 도려내 줄 테다. 참으로, 개한테 던져 줄 붕알도 없게 될 게야.

심플 퇴장

미시즈 퀴클리 어쩌나, 목사님은 그냥 친구를 위해 말씀하신 것뿐인데.

카이어스 그건 상관없어. 당신이 그랬잖소, 앤 페이지는 내 차지일 거라고? 참으로, 내가 그 멍청이 목사를 죽일 거야. 가터 여관 주인한테 심판을 보라고 하면 되고. 참으로, 내가 앤 페이지를 차지할 거야.

미시즈 퀴클리 주인님, 그 처녀는 주인님을 사랑해요, 그러니 모두 잘될 거예요. 사람들이 뭐라 뭐라 하는 거야 어쩌겠어요, 아이고 도무지!

카이어스 러그비, 날 따라 궁으로 가자. 〔미시즈 퀴클리에게〕 참으로, 내가 앤 페이지를 차지 못하면, 당신을 내 집에서 쫓아낼 거야. 바싹 따라와, 러그비.

미시즈 퀴클리 주인님은 차지하실 거예요, 앤—

〔카이어스와 러그비 퇴장〕

—같은 소리. 어림없다, 난 그 앤이 어떤 마음인지 안다구. 윈저에서 나보다 더 많이 앤을 아는 여자도, 그만큼 잘 다룰 수 있는 여자도 없어, 하늘에 감사할 일이지.

펜튼 〔안에서〕 거기 누구 없어요, 이봐요!

미시즈 퀴클리 누구세요?—들어오세요, 부디.

미스터 펜튼 등장

펜튼 안녕하세요, 착하신 분, 어떻게 지내세요?

미시즈 퀴클리 선생께서 그리 물어 주시니 좋을밖에요.

펜튼 새 소식은? 어여쁜 앤 양은 어떠시죠?

미시즈 퀴클리 아무렴요, 선생, 그녀는 어여쁘죠, 정결하고요, 교양 있고, 선생의 친구구요. 그렇게는 말씀드릴 수 있어요, 하늘에 감사할 일이죠.

펜튼 제가 잘하고 있는가요, 당신 생각에? 청혼을 거절당하지 않을까요?

미시즈 퀴클리 진실로, 선생, 모든 것은 하늘에 계신 그분 손에 달렸죠. 하지만 그럼에도 불구하고, 펜튼 씨, 성경에 맹세컨대 그녀는 당신을 사랑해요. 선생 눈 위에 사마귀가 하나 있지 않나요?

펜튼 그래요, 맞아요, 있어요. 그게 왜요?

미시즈 퀴클리 으음, 거기서 얘기는 시작되죠. 참으로, 앤은!—하지만 내 혐오, 아니 단언컨대 그렇게 정숙한 처녀는 다시없지요.—우리 둘이서 그 사마귀 얘기를 했답니다. 아가씨와 있기만 하면 꼭 한바탕 웃음이 터지는데—정말 그녀는 너무 우울하고 생각에 깊이 빠지는 편인데 말예요.—하지만 당신 얘기를 할 때만큼은—그래요—내가 왜 이런 말을!

펜튼 그런가, 오늘 그녀를 만나야겠군요. 받으세요, 돈을 드릴게요. 저를 위해 말씀 좀 잘해 주세요. 저보다 먼저 그녀를 보거든 잘 좀.

미시즈 퀴클리 그럴까요? 진실로, 그럴게요. 그리고 다음에 만날 때는 선생께 사마귀 얘기를 더해 드리죠, 다른 구혼자들에 대해서도.

펜튼 그럼, 안녕히 계세요. 제가 아주 바쁜 일이 있어서.

미시즈 퀴클리 안녕히 가세요, 나리.

[펜튼 퇴장]

정말, 성실한 신사분이야, 하지만 앤은 그를 사랑하지 않아, 나는 누구 못지않게 앤의 마음을 잘 알거든.—이런, 깜빡했네.

퇴장

제2막

경계를 해요, 눈을 크게 뜨고, 도둑놈은 밤에 해치우거든.
경계를 해야지, 여름이 오기 전에는, 아니면 뻐꾸기가
정말 남의 둥지에 알을 놓는다니까.

2막 1장

페이지의 집 바깥

페이지 부인, 편지 한 통을 들고 등장

페이지 부인 내 참, 한창 아리땁던 시절에도 한 장 받아 본 적 없던 연애편지를, 이 나이에 받는다? 뭐라고 썼나 보자.

(편지를 읽는다)

'내가 왜 당신을 사랑하는가 묻지 마시오, 왜냐면 사랑은 이성을 뭔가 정확히 하는 데 쓸 뿐, 상담자로는 치지 않습니다. 당신은 젊지 않소, 나도 마찬가지요. 더 할 말이 있겠소, 그럼 된 거요. 당신은 쾌활하오, 나도 그렇소. 하, 하, 그러니, 된 거요. 당신은 스페인산 포도주를 좋아하고, 나도 그렇소. 더 바랄 것이 무엇이오? 페이지 부인, 적어도 군인의 사랑으로 된다면, 내가 사랑하는 것으로 됐다고 쳐 주시오. '날 불쌍히 여겨 달라'고는 안 하겠소—그건 군인다운 표현이 아니오—다만 '나를 사랑해 주시오'라 하리다.

당신 자신의 진정한 기사인 나,
낮이나 밤이나
혹은 밝으나 어두우나
온 힘을 다하여

그대를 위하여 싸우는

존 폴스타프 씀.'

이런 허랑방탕한 자를 보았나, 무대 위 유태 왕 헤롯 같은 놈! 오, 사악한, 사악한 세상! 나이를 처먹어 걸레 조각처럼 너덜너덜해진 놈이, 젊은 연애꾼 행세를 하다니! 도대체 내가 무슨 허점이 있다고, 내가 무슨 낌새를 보였다고 이런 뚱뚱보 고주망태가 감히 이 따위 식으로 나를 넘보는 게야? 아니, 만난 것도 세 번이 안 되는데. 내가 무슨 말을 했길래? 희희낙락하는 것도 삼갔는데, 하느님 맙소사. 정말, 의회에 청원서를 내서 남성들을 눌러 달라고 할까 보다. 오 하나님, 어떻게 하면 그자에게 복수를 하지! 꼭 복수하고 말 거야, 그자 내장이 순대인 것만큼이나 확실하게.

포드 부인 등장

포드 부인 페이지 부인! 그렇잖아도, 당신 집으로 가는 참이었어요.

페이지 부인 저도 그래요, 당신한테 가는 길이었어요. 안색이 아주 안 좋군요.

포드 부인 아뇨, 그럴 리가. 그 정반대라면 몰라도.

페이지 부인 그렇다면 뭐, 하지만 내가 보기에는 그런데요.

포드 부인 그럼, 그렇겠죠, 뭐. 하지만 진짜 그 반대일 수 있다니까요. 오 페이지 부인, 도움말을 좀 주세요.

페이지 부인 무슨 일인데요, 부인?

포드 부인 오 부인, 사소한 문제만 없다면, 내가 대단한 지위에 오를 수도 있다고요!

페이지 부인 사소한 건 집어치우고, 부인, 명예를 택하세요. 뭔데요? 사소한 건 없어도 돼요. 뭐죠?

포드 부인 지옥 갈 각오하고 하룻밤 눈 딱 감으면 기사 작위를 품에 안을 수 있다네요.

페이지 부인 뭐요? 설마! 앨리스 포드 경? 기사 작위란 쑤시는 것들 몫이죠, 자기 신분을 바꾸려 들면 안 되구요.

포드 부인 긴말할 것 없고. 이거 보세요, 읽어요, 읽어 봐요.

(페이지 부인한테 편지 한 통을 준다)

내가 어떻게 기사가 된다는 건지 보세요.

(페이지 부인이 읽는다)

사내 보는 눈이 어떻게 되기 전에야 내가 뚱보를 좋아할 수는 없죠. 그렇지만 그는 입이 걸은 편은 아니고, 여인의 정숙을 예찬하고, 부적절한 행위를 꽤나 조리 있게 또 점잖게 꾸짖는 거라 말과 행동이 일치하는 사람이겠거니 했어요. 하지만 언행일치 같은 소리, 아예 찬송가 150편이 사랑타령 '푸른 옷소매'와 일치한다 그러지. 정말, 웬 태풍이 불었길래, 이 고래, 배에 기름통이 숱하게 들어찬 이 고래를, 윈저 해변으로 상륙시켰을까? 이걸 어떻게 되갚아 주지? 그냥 제 풀에 몸이 달아올라 제 놈 기름기 그대로 녹아 버리게 놔두는 게 제일 좋을 것 같은데. 정말 웃기는 인간 아녜요?

페이지 부인 한 자도 안 틀리는군, 다른 건 페이지와 포드 이름뿐이고.

(포드 부인에게 자신이 받은 편지를 보여 준다)

이상한 소문 퍼질까 봐 걱정 안 하셔도 돼요, 여기 당신 편지와 쌍둥이가 있거든요. 하지만 당신이 먼저 받은 걸로 하죠, 난 절대 사양이니까. 그자는 분명 이런 편지 한 천 통은 썼을 거예요, 이름 쓸 부분만 비어 놓고 말이죠—아니, 그 이상이겠지, 이 편지는 재판 찍은 거겠죠. 인쇄를 했겠죠, 물론—내용이 어떻든 우리 둘을 끼워 넣을 때야 뭘 집어넣어도 넣겠다는 수작이니까. 차라리 여자 거인족으로 펠리온 산 밑에 깔리는 게 낫지. 하여간, 단정한 사내 하나 찾기가 일편단심 염주비둘기 중 음탕한 놈 스무 마리 찾는 것보다 힘드니.

포드 부인 이럴 수가, 정말 똑같애, 필체도, 구절도 그대로야! 이 작자가 우릴 뭘로 보는 거야?

페이지 부인 정말, 기가 막히네요. 내 자신이 정숙한 거 맞나 자문하고 싶을 정도예요. 내 자신을 내가 전혀 모르는 사람으로 대해 봐야겠어요, 왜냐면, 안 그래요, 내 자신이 모르는 내 안의 어떤 낌새를 알아챈 것이 아니고서야, 그자가 이리 씩씩거리며 날 올라타려고 하진 않았을 거 아녜요?

포드 부인 '올라탄다'고요? 내 그자를 갑판에서 던져 버리고 말걸.

페이지 부인 나도 그래요. 그자가 승강구로 들어온다면, 다시는 바다로 나가지 않겠어요. 그자를 혼내 줍시다. 약속을 정해 주고, 그의 구애를 들어주는 척하고, 기발한 낚싯밥으로 감질나게 살살 꼬드겨서, 그자가 가터 여관 주인한테 자기 말들을 저당 잡히게 하는 거예요.

포드 부인 그럽시다, 그자를 골탕 먹이는 일이라면 뭐든지 찬성이에요, 까딱 잘못해서 우리의 정절이 의심받아서는 안 되겠지만. 오 우리 남편이 이 편지를 안 보았기 망정이지! 그의 불타는 질투심을 영원히 지필 땔감이 따로 없어!

피스톨과 함께 미스터 포드, 그리고 님과 함께 미스터 페이지 등장

페이지 부인 어머, 남편분 저기 오시네요. 그리고 우리 남편도 오시네. 내가 그럴 거리를 주지도 않지만 우리 남편은 정말 질투와는 거리가 멀어요. 그리고 그 거리는, 희망을 섞자면, 헤아릴 수 없는 거리죠.

포드 부인 나보다 행복하시네요.

페이지 부인 이 기름투성이 기사놈 골탕 먹일 의논을 해야죠. 이리 오세요.

포드 부인과 페이지 부인이 뒤로 물러난다.

포드 글쎄, 설마 그럴 리야.

피스톨 설마가 사람 잡고, 믿는 도끼가 발등 찍는 법.
존 경이 당신 아내를 노리고 있다니까요.

포드 아니, 이봐요, 내 아내가 젊은 것도 아니고.

피스톨 그는 신분이 높은 거 낮은 거, 돈이 많은 거 없는 거,
나이가 젊은 거 늙은 거, 가리지 않고 꼬셔요, 포드 씨.
한데 섞어 침을 흘리죠, 포드 씨. 진짜라니까요.

포드 내 아내를 사랑한다?

피스톨 간장이 활활 타올랐죠. 막아야죠,
아니면 악테온 경 짝이 나는 거요,
자기가 키운 사냥개 링우드한테 물려 죽은.
오, 그 메스꺼운 이름!

포드 이름이, 어떻다고?

피스톨 사슴뿔 말요, 오쟁이 진. 잘 있으슈.

경계를 해요, 눈을 크게 뜨고, 도둑놈은 밤에 해치우거든.

경계를 해야지, 여름이 오기 전에는, 아니면 뻐꾸기가 정말 남의 둥지에 알을 놓는다니까.—

가세나, 님 상병!—믿으세요, 페이지 씨, 그의 말이 맞아요.

〔퇴장〕

포드 〔방백〕 참아야지. 잘 살펴보겠어.

님 〔페이지에게〕 그리고 이건 사실이에요. 난 거짓말하는 유머를 싫어합니다. 그가 몇 가지 유머에서 나를 기분 나쁘게 했거든. 이런 유머의 편지를 그녀한테 전해 주라고 했지만 난 칼 찬 사내요, 찌를 필요가 있을 때 찌를 사람이라구. 그는 당신 아내를 사랑하고 있어요. 단도직입적으로 그래요.

내 이름은 상병 님이오. 이게 나의 말이고 그게 사실임을 내가 보장합니다.

내 이름은 님, 그리고 폴스타프는 당신 아내를 사랑하오. 그럼 이만.

난 빵하고 치즈 찾다가 오쟁이 지는 유머 싫거든. 그럼 이만. 〔퇴장〕

페이지 〔방백〕 유머가 뭐 어떻다고? 모국어 기절초풍케 할 인사 나셨군.

포드 〔방백〕 폴스타프 이자를 찾아야겠는데.

페이지 〔방백〕 덥데데에, 부황기까지 있는 말투라니, 별 희한한 놈 다 보았네.

포드 〔방백〕 만일 사실로 드러나면—설마.

페이지 〔방백〕 담당 목사가 믿으라 그래도 저런 짱꼴라 말은 안 믿겠어.

포드 〔방백〕 괜찮은, 멀쩡한 친구였는데. 어디 보자.

페이지 부인과 포드 부인이 앞으로 나온다.

페이지 어, 메그?

페이지 부인 어디 가는 거예요, 조지? 저 좀 보세요.

페이지와 페이지 부인이 따로 이야기한다.

포드 부인 어쩐 일이세요, 프랭크? 왜 그리 우울해 보여요?

포드 내가 우울? 난 우울하지 않소. 집으로 가시오, 가요.

포드 부인 그렇담, 무슨 엉뚱한 생각을 하고 있는 거겠죠. 가실까요, 페이지 부인?

페이지 부인 그러죠.—저녁 먹으러 올 거죠, 조지?

〔미시즈 퀴클리 등장〕

〔포드 부인에게 방백〕 마침 저기 오네요. 그 같잖은 기사 놈한테 저 여자를 보냅시다.

포드 부인 〔페이지 부인에게 방백〕 맞아요, 나도 그 생각을 했어요. 저 여자가 딱이야.

페이지 부인 〔미시즈 퀴클리에게 방백〕 내 딸 앤을 보러 오신 거죠?

미시즈 퀴클리 예, 그래요, 앤 아가씨 별일 없으시죠?

페이지 부인 같이 들어가요. 할 얘기가 좀 있는데.

페이지 부인, 포드 부인, 그리고 미시즈 퀴클리 퇴장

페이지 괜찮소, 미스터 포드?

포드 그 작자가 내게 한 말 들었죠, 안 그래요?

페이지 들었죠, 그리고 당신은 다른 놈이 내게 한 말 들었죠?

포드 두 놈 말이 사실일까요?

페이지 지랄, 제 주인 씹는 헛소리요! 난 그 기사가 그럴 것 같지 않아요. 그가 우리 아내를 노리고 있다고 일러바친 그놈들, 사실은 그 기사한테 쫓겨난 부하들이거든요—잘리니까, 표변을 한 거예요.

포드 그자들이 그의 부하였어요?

페이지 그럼요, 그랬죠.

포드 그렇다고 속이 편해지는 건 아니고. 그가 가터 여관에 묵는다고 했나요?

페이지 그래요, 거기서 개기죠. 그가 우리 마누라를 어떻게 해 보려 하는 거라면, 마누랄 한 번 풀어놓아 볼밖에요. 그리고 그가 따끔한 말 말고 다른 걸 그녀한테서 얻는다면 그걸 내 머리에 이고 다닐 수밖에 없는 거고.

포드 난 아내를 의심하지 않지만, 둘이 그러는 상상만 해도 역겹소. 남자가 너무 자신만만한 것도 문제의 소지가 있어. 내 머리에 뿔이라니 절대 안 되지. 좀 더 확실히 해 둘 필요가 있어.

가터 여관 주인 등장

페이지 저기 떠버리 가터 주인이 오는군. 저렇게 기분 좋은 걸 보니 대가리에 알코올이 가득 찼거나 지갑에 돈이 두둑하거나 둘 중 하나네요.—안녕하시오, 여관 주인 양반?

여관 주인 신의 가호를, 내 근사한 친구분들, 신의 가호를! 신사분들이시네.

〔셸로우 등장〕

판사 나리!

셸로우 가고 있네, 주인장, 가다마다.—안녕하시오, 스무 번 안녕하시오, 훌륭하신 미스터 페이지. 미스터 페이지, 우리와 함께 안 갈래요? 내 재미난 걸 보여 드리지.

여관 주인 말해 줘요, 판사 나리, 말해요, 내 근사한 친구분들이니까.

셸로우 선생, 휴 에번스, 그 웨일스 인 목사와 카이어스, 그 프랑스 인 의사가 결투를 벌일 참이오.

포드 착하신 우리 가터 주인장, 할 얘기가 있소.

여관 주인 뭔데요, 근사한 내 친구분?

포드와 여관 주인이 따로 떨어져 이야기한다.

셸로우 〔페이지에게〕 당신, 같이 가서 안 볼래요? 유쾌한 우리 여관 주인께서 양쪽 무기를 점검했소, 그리고, 아마도, 각기 다른 장소를 정해 주었을 거요. 왜냐면, 정말, 그 목사 장난이 아니거든. 들어 봐요, 왜 재미난가 하냐면.

둘이 따로 떨어져 이야기한다.

여관 주인 〔포드에게〕 당신, 정말 그 기사, 우리 집 손님 양반한테 시비 걸려는 거 아니오?

포드 아니오, 절대. 그냥 데운 셰리주 두 병 낼 테니 그를 만나게 해 달라 이거요, 내 이름은 부르크라 그러고—그냥 장난으로 말요.

여관 주인 그러지, 까짓것. 입장 퇴장을 자유롭게—내 말이 맞죠?—그리고 당신 이름은 부르크다 이거 아니오. 그 사람 유쾌한 기사예요.

〔셸로우와 페이지에게〕 가실까요, 신사분들? 신사가 네덜란드 말로 뭐더라?

셸로우 따라가지요, 우리 여관 주인 선생.

페이지 듣자니 그 프랑스 인이 장검을 잘 쓴다던데.

셸로우 쳇, 선생, 잘 모르시는군. 요새는 결투자 사이 거리가 문제잖소—찌르고, 나아가고, 어쨌거나, 문제는 깡이오, 미스터 페이지. 〔장검 찌르기를 보여 주며〕 이렇게, 이렇게. 내 장검이 비록 낡았지만 한다하는 놈 넷쯤은 쥐새끼처럼 폴짝폴짝 뛰게 만들곤 했는데.

여관 주인 이보쇼, 친구분들, 이보시라니까! 이제 가자니까?

페이지 가 봅시다. 싸우는 것보다는 서로 욕질해 대는 게 더 재밌을 텐데.

여관 주인, 셸로우, 그리고 페이지 퇴장

포드 페이지는 멍청이라 철석 같이 믿고 절대 마누라 바람기를 의심하려 들지 않지만, 난 그리 쉽게는 안 넘어가지. 페이지 집에서 마누라가 그자와 같이 있었단 말이다. 거기서 진도가 얼마나 나갔는지 모르고 말야. 좋아, 좀 더 파고들어 보겠어. 변장하고 폴스타프를 떠보는 거야. 마누라가 정조를 지킨 걸 알게 되면, 그것만도 헛수고랄 순 없지. 그렇지 않다는 걸 알더라도, 괜한 짓은 아니었던 셈이고.

퇴장

2막 2장

가터 여관

존 폴스타프 경과 피스톨 등장

폴스타프 한 푼도 빌려 줄 수 없다.

피스톨 꼭 갚을게요.

폴스타프 한 푼도 못 줘.

피스톨 〔칼을 빼어 들며〕 그렇담, 세상은 나의 굴 딱지고, 그것을 칼로 열밖에요.

폴스타프 한 푼도 못 준다니까. 난 뭐라 안 했어, 이봐, 네가 내 얼굴을 저당 잡혔지만 말야. 너와 네 짝패 님을 빼내려고 세 번이나 내 착한 친구들을 곤경에 처하게 했다고, 안 그랬으면 너희 두 놈은 개코원숭이 두 마리 꼴로 쇠창살을 내다보았을 게다. 내 신사 친구들에게 너희가 훌륭한 군인이고 담대한 자들이라고 맹세를 했으니 난 저주받아 지옥행이야. 브리짓 부인이 부채 자루를 잃어버렸을 때도 네가 훔친 게 아니라고 내 명예를 걸었고.

피스톨 대장께서도 한몫 챙기셨잖아요? 15펜스 가져가지 않으셨나?

폴스타프 마땅하지, 이놈아, 마땅하고말고. 내가 공짜로 내 영혼을 위태롭게 할 줄 알았냐? 거두절미하고, 더 이상 내 주변을 얼쩡대지 마. 내가 무슨 너 목매달릴 교수대도 아니고. 가, 단도 소매나 쳐, 소매치기-매음굴로 꺼지란 말야. 네놈이, 내 편지를 전달하지 않겠다고? 네놈이 명예를 지켜? 이런, 천하디 천한 것들이, 나도 죽을 둥 살 둥 해야 겨우 해내는 게 바로 그 명예 지키기야. 그렇고말고, 내 자신도 때로는 하나님 두려운 거는 제쳐 두고, 필요하면 체면도 불구, 사기 치고, 어영부영하고, 훔치기 일쑤야. 그런데 네가, 네놈이, 누더기를 감춘다니, 들고양이 낯짝과 선술집 말투를, 그리고 막나가는 난폭한 욕질을 네 명예의 은신처 아래 감춘다니! 아서라, 알았나?

피스톨 〔칼을 칼집에 꽂으며〕 정말 잘못했습니다. 그러면 됐지요?

로빈 등장

로빈 주인님, 웬 여자분이 드릴 말씀이 있다시는데요.

폴스타프 들이거라.

미시즈 퀴클리 등장

미시즈 퀴클리 나리, 안녕하십니까.

폴스타프 안녕하시오, 안주인.

미시즈 퀴클리 안주인은 아니죠, 죄송하지만.

폴스타프 그럼, 노숙한 하녀 처녀로 하죠.

미시즈 퀴클리 그럼요, 제 어머니도 제가 태어났을 때 처녀였는걸요.

폴스타프 처녀가 하년가, 하녀가 처년가, 어머니가 처년가. 근데 무슨 일로?

미시즈 퀴클리 나리께 말씀 좀 올려도 될까요?

폴스타프 이천 마디라도 하쇼. 아름다운 여인네신데, 얼마든지.

미시즈 퀴클리 포드 부인이라고 있는데, 나리—이쪽으로 조금만 오세요.

[폴스타프를 옆으로 끌고 간다]

저는 카이어스 의사 선생 댁에 삽니다만—.

폴스타프 그건 됐고, 계속. 포드 부인이, 당신 말은.

미시즈 퀴클리 아, 예, 나리. 근데 나리께서 이쪽으로 좀 더 오시면 좋겠는데.

폴스타프 걱정 마시오, 아무도 듣지 않으니까. 내 부하들이오, 내 부하.

미시즈 퀴클리 그런가요? 하나님, 저들을 축복하시고 하나님의 종으로 만드소서!

폴스타프 됐고, 포드 부인, 그녀가 어쨌다고?

미시즈 퀴클리 아, 예, 나리, 그녀는 훌륭한 여자예요. 오, 정말, 나리는 바람둥이셔! 하늘이 용서하기를 기도해야겠네요, 나리와, 우리 모두를—.

폴스타프 포드 부인, 포드 부인 얘길 해야지.

미시즈 퀴클리 그래야죠, 대충 이런 얘기예요. 나리께서 그녀를 끝내주게 얼을 빼놓으셨어요. 궁정이 윈저에 있을 때 내로라던 온갖 궁정대신들도, 그녀의 얼을 이 정도로 빼놓지는 못했다구요. 기사분들, 귀족분들, 그리고 신사분들이 마차를 갖고 왔는데도 말이죠. 정말, 마차들이 줄을 서고, 편지가 쇄도하고, 선물이 쏟아져 들어왔다고요, 아주 달콤한 향내가, 사향

내음이 온통 진동을 했지요. 그리고 비단이며 금장식 천들이 사르륵 사르륵 하는 게, 정말, 어찌나 우아한지, 그리고 어찌나 최고급으로 또 아름답게 속살거리는지, 여자라면 깜빡 넘어가지 않을 수가 없었다니까요, 그런데, 정말, 그 누구한테도 그녀는 눈길 한 번 준 적이 없다 이겁니다. 제가 오늘 천사표 동전 스무 닢을 받은 처지지만—천사는 저리 가라죠, 이런 일에는 천사한테도 매수되면 안 된다잖아요, 오로지 정직으로 임할 뿐. 그리고, 정말, 그들 중 가장 난다 긴다 하는 분들도 잔 키스 한 번 할 수 없었다니까요. 공작분들도 있고, 아니, 더군다나, 왕실 근위대 신사분들도 있었는데도요. 하지만, 정말, 그녀한테는 모두 아무것도 아니었어요.

폴스타프 근데 그녀가 네게 뭐라 했소? 짧게 말해 주시오, 착하신 여자 머큐리 전령님.

미시즈 퀴클리 그래야죠, 그녀가 나리 편지를 잘 받았다 하고요, 편지 주신 거 천 번 감사드린다 하고요, 그녀 남편이 열 시와 열한 시 사이 집을 비운다고 전해 달라 했습니다.

폴스타프 열 시와 열한 시.

미시즈 퀴클리 예, 그래요, 그때 오셔서 그림을 구경하시래요, 나리께서도 아신다던데요. 미스터 포드, 그녀 남편은, 집에 없을 거라고요. 안됐어요, 그리 상냥한 여자가 그의 아내라니. 남편이 질투가 아주 심하거든요. 정말, 마음고생이 심할 거예요, 착한 심성인데.

폴스타프 열 시와 열한 시. 그대, 가서 내 말을 전하시오, 꼭 가겠노라고.

미시즈 퀴클리 아무렴요, 잘 생각하셨어요. 나리께 전할 말씀이 또 있는데요. 페이지 부인도, 진심의 말씀 전해 달라 하셨구요. 그리고, 나리께만 드리는 말씀이지만, 그녀는 윈저에 사는 어느 누구 못지않게 정숙하고 상냥하고 얌전한 아내고요, 아침 기도 저녁 기도 한 번 빼먹지 않을 여자지요, 어느 누구가 누구든 간에 말이죠. 그런데 그녀가 나리께 전하라는 거거든요, 남편이 좀체 집을 비우지 않지만, 언젠가 때가 오기를 바란다고 말이죠. 여자가 사내한테 이렇게 홀딱 반한 것 처음 본다니까요. 마력이 있으신 게 틀림없어, 아무렴요.

폴스타프 당치 않은 말씀. 물건 좋은 거 말고는, 다른 매력은 없지.

미시즈 퀴클리 정말 복 받으신 거죠!

폴스타프 근데 좀 물어봅시다. 포드 마누라와 페이지 마누라가 각각 날 사랑한다는 사실을 서로 알고 있나요?

미시즈 퀴클리 오, 절대 모르죠, 나리, 그렇담 우스꽝스럽죠! 그들이 그 정도로 막돼먹었을 리가. 그렇담 정말 간계지요! 페이지 부인은 나리의 그 꼬마 시종을 사랑의 전령으로 하셨으면 좋겠다고 하시더군요. 그녀 남편이 그 꼬마 시종을 엄청 좋아하거든요. 그리고, 정말, 미스터 페이지는 성실한 사람이에요. 윈저의 마누라 그 누구도 그의 마누라보다 형편이 낫지는 못하다구요. 하고 싶은 거 다 하죠, 하고 싶은 말 다 하죠, 사고 싶은 것 다 사고, 돈 척척 내죠, 자고 싶을 때 자죠, 깨고 싶을 때 깨죠, 모든 게 그녀 맘대로예요. 그리고, 정말, 그럴 만한 자격이 있어요, 윈저에 마음씨 착한 여인이 하나 있다면, 바로 그녀니까요. 꼬마 시종을 보내셔야 해요, 꼭요.

폴스타프 그러지, 뭐.

미시즈 퀴클리 아니, 꼭 그러셔야 한다니까요, 그리고, 보세요, 그

애가 나리와 그녀 사이를 오가는 거예요. 그리고 반드시 암호를 쓰세요, 서로의 마음을 알 수 있게요, 그리고 꼬마는 사정을 알 필요가 전혀 없는 거죠—어린애가 이런 짓을 알면 좋지 않잖아요. 나이 들어서야, 아시겠지만, 지각을 갖는 거죠, 세상이라는 걸 알게 되고, 늘 하는 말이잖아요.

폴스타프 잘 가쇼. 두 분 모두에게 안부 전해 주시고. 옜소, 받으시오, 아직 내가 빚에 쪼들리는 형편이라서.—얘야, 이분을 따라가거라.

〔미시즈 퀴클리와 로빈 퇴장〕

〔방백〕 환장할 정도로 좋은 소식이군.

피스톨 〔방백〕 저 씨벌년이 큐피드의 전령이다 이거지.

돛을 더 올려라! 추격이다! 전투용 돛을 올려!

발포! 저년을 사로잡는 거야, 아니면 바다가 저것들 일체를 덮쳐 버리든지! 〔퇴장〕

폴스타프 그렇단 말이지, 이 늙은 몸이? 가 보는 거야! 이 늙은 몸을 호되게 써먹게 생겼네. 내 몸을 아직도 탐낸다 이거지? 이 몸이, 그토록 많은 돈을 써 대더니 이제 벌게 되었다? 훌륭하구나, 몸아, 고맙네. 좀 뚱뚱하게 하면 어때, 성공하면 그만이지.

바아돌프 셰리주를 들고 등장

바아돌프 존 경, 아래층에서 미스터 브루크라는 분이 좀 뵙고 인사를 나누었으면 한다고, 해장이나 하시라며 셰리주 한 잔을 보내셨습니다.

폴스타프 이름이 브루크라고?

바아돌프 예, 나리.

폴스타프 들이거라. 〔셰리주를 마시며〕 브루크면 샘물인데, 이런 술이 샘솟으면 나야 좋지.

〔바아돌프 퇴장〕

아하, 포드 부인과 페이지 부인, 두 사람 다 내게 걸려들었다 이거지? 〔마시며〕 좋아, 해보자 이거야.

바아돌프, 그리고 브루크로 변장한 미스터 포드 등장

포드 신의 가호가 있기를 빕니다, 경.

폴스타프 당신도요, 선생. 내게 하실 말씀이 있다고요?

포드 이렇게 불쑥 찾아뵈어 실례가 됩니다마는.

폴스타프 천만에. 무슨 일이시죠? 〔바아돌프에게〕 가 보거라, 일이나 해.

바아돌프 퇴장

포드 경, 저는 신사 신분입니다, 돈을 많이 날리긴 했습니다만. 제 이름은 브루크고요.

폴스타프 훌륭하신 미스터 브루크. 우리 좀 더 잘 지내봅시다.

포드 훌륭하신 존 경, 제가 드릴 말씀입니다—부담을 드리자는 건 아니고요, 왜냐면 이런 말씀 뭐하지만 금전 사정이야 제가 경보다는 좀 낫다고 해야겠지요, 그래서 뭐랄까 제가 이리 느닷없이 찾아뵌 것이기도 하고요, 돈이 앞장서면 모든 길이 열린다는 속담도 있잖습니까.

폴스타프 돈은 훌륭한 병사죠, 선생, 행군을 멈추지 않아요.

포드 그럼요, 근데 제가 여기 돈 한 주머니가 있는데 귀찮은 짐이에요. 존 경께서 그 짐을 반쯤, 아니면 몽땅 져 주시면 저는 아주 홀가분하겠는데요.

폴스타프 선생, 내가 무슨 자격으로 당신 돈 짐을 나른다는 건지.

포드 말씀드리죠, 경, 들어 주시겠다면.

폴스타프 말씀하시오, 착하신 미스터 브루크. 기꺼이 당신의 짐꾼이 되리다.

포드 경, 경께서는 학자시라고 들었습니다—간단히 말씀드리죠—그리고 저는 경을 안 지 오래되었습니다, 제 소개를 할 기회가 한 번도 없어 이렇게 직접 찾아뵌 것입니다마는. 제가 드릴 말씀은 사실 제 허물을 스스로 까발리는 셈이 되겠습니다. 그러나, 마음씨 고우신 존 경, 한 눈으로 제 어리석음을 보고, 그 얘기를 들으시면서, 다른 눈으로는 경 자신의 경험을 살펴 주십시요, 그래야 제 허물이 조금은 덜 흉해 보이겠죠, 사람이 얼마나 쉽게 이런 잘못을 저지르는지 경 자신도 아시는 상태라면.

폴스타프 좋아요 좋아, 선생, 그 다음 이야기.

포드 이 읍에 한 숙녀분이 사십니다, 그녀 남편 이름이 포드지요.

폴스타프 그래요, 선생.

포드 제가 그녀를 오랫동안 사모했어요, 그리고, 단언컨대, 돈도 엄청 썼고, 홀딱 빠진 눈으로 그녀를 좇기도 했고, 그녀와 마주칠 기회를 놓치지 않았고, 먼발치에서라도, 단지 잠깐이라도 그녀를 볼 기회가 있다 싶으면 돈을 아끼지 않았습니다. 그녀에게 줄 선물을 숱하게 샀을 뿐 아니라, 무슨 선물을 좋아하는지 알기 위해 숱한 사람들한테 넉넉히 선심을 썼구요. 한마디로, 저는 그녀를 추적했습니다, 사랑이 나를 추적하듯,

그래요, 어디를 가든 무엇을 하든 사랑이 날개를 파닥거렸으니까요. 그러나, 제가 아무리 기를 써 봐도, 마음과 돈을 아무리 써 봐도, 제게 돌아오는 게 정말 하나도 없더란 말입니다, 경험 값이 보석 값인 거 말고는요. 정말 엄청 비싼 경험이었지요, 그리고 그것이 가르쳐 준 바는 이렇더라고요.

'그림자처럼 사랑은 물건을 좇는다, 달아나는 물건을,
그리고 달아난다, 쫓아오는 물건한테서.'

폴스타프 그녀한테서 만족의 약속을 받은 적이 없소?

포드 한 번도.

폴스타프 그래 달라고 그녀에게 애원한 적은?

포드 한 번도.

폴스타프 그럼 도대체 어떤 성분의 사랑이었단 말요?

포드 남의 땅에 지은 근사한 집 같은 거죠, 어디다 세웠는지 헷갈려서 결국 건물을 날린 거구요.

폴스타프 나한테 이 일을 발설하는 까닭이 뭐요?

포드 그 말씀을 드렸으니, 제가 드릴 말씀은 다 드린 겁니다. 몇몇이 그러는데 그녀가 제게는 정숙하게 보일지 몰라도, 다른 데서는 시시덕거리기도 하는 것이 내숭과일지도 모른다는 거예요. 자, 존 경, 제 본심은 이겁니다. 경께서는 출중한 가문 출신의 신사시고, 말씀도 아주 잘하시고, 인기가 아주 좋으시고, 지위로 보나 인품으로 보나 존경 받을 만하시고, 전쟁터에서든, 궁정에서든, 또 학계에서든 널리 그 기량을 인정받는 분 아니시겠습니까.

폴스타프 오 선생!

포드 정말이에요, 경께서도 아시잖아요. 이 돈을 받으세요.

(돈을 내민다)

쓰세요, 맘껏, 더 쓰셔도 됩니다. 제가 가진 것 모두 드리지요. 다만 그 대신 경이 어떻게든 시간을 내셔서 이 포드 마누라의 정절을 꺾어 주십사 하는 겁니다. 구애에는 한가락 하시잖아요, 그녀의 몸을 허락받으시라구요. 누군가 그럴 수 있다면, 그건 바로 경이시니까요.

폴스타프 당신이 누릴 것을 내가 챙긴다면 당신의 그 격한 애정은 어떻게 되구요? 당신 처방은 앞뒤가 너무 바뀐 것 같은데.

포드 오, 제 순서는 이래요. 그녀가 자신의 평판에 너무 자신만만하게 기대기 때문에 제 영혼의 못난 짓이 감히 다가서질 못하는 거다 이거죠. 너무 눈이 부셔 쳐다볼 수가 없단 말이죠. 그런데, 제가 그녀 약점을 거머쥐고 그녀에게 접근할 경우, 내 욕심도 한 번 내세워 볼 전례와 논리를 갖게 된다 이 말입니다. 그러면 제가 그녀를 꼬여 낼 수 있겠죠, 그녀의 순결, 그녀의 명성, 그녀의 결혼 맹세, 그리고 기타 등등 수천 가지의, 그토록 저에 맞서 철옹성인 그 방비 태세로부터 말이죠. 어때요, 당신 생각은, 존 경?

폴스타프 미스터 브루크, 우선 당신 돈을 실례하겠소.

(포드의 돈을 받는다)

그다음은, 당신 손을 주시오.

(포드의 손을 잡는다)

그리고 마지막으로, 신사로서 약속하건대, 당신은 필히, 당신이 원한다면, 포드의 마누라를 즐기게 될 거요.

포드 오, 훌륭하신 경!

폴스타프 반드시 그렇게 될 거요.

포드 돈 아낄 것 없어요, 존 경, 마음껏 쓰셔도 됩니다.

폴스타프 포드 부인 아낄 것 없소, 미스터 브루크, 마음껏 쓰셔도 돼. 내가 그녀를 만날 거요, 당신한테만 하는 말이지만, 그녀 자신이 만나자고 하더군. 당신이 이리로 들어오던 바로 그때, 그녀의 대변녀, 혹은 뚜쟁이가 방금 나간 참이었소. 정말 내가 열 시와 열한 시 사이 그녀와 함께 있을 거요, 그 시간 동안 그 질투심 많은 악당, 그녀 남편이 출타 중일 거라 그랬거든. 밤에 내게 오시오, 내 솜씨를 알게 해 드리지.

포드 경을 뵙게 되어 정말 다행입니다. 포드를 아십니까, 경?

폴스타프 목을 맬 놈, 빌어먹을 오쟁이 쪼다, 난 모르지. 하지만 빌어먹을 놈이란 건 취소. 질투심 많고 오쟁이 지기 딱 좋은 놈이 돈을 쌓아 놓고 있다니까, 그것 때문에 그놈 마누라가 예뻐 보이는 거라구. 내가 그녀를 그 오쟁이 진 놈 금고 열쇠로 쓰겠다 이거지, 그러면 대박 난다 이 말이오.

포드 포드를 아셨으면 더 좋았을 걸 그랬습니다, 그래야 눈에 보이면 피할 수 있으니.

폴스타프 지랄, 그런 비천한 소금-빠다꾼 쯤이야! 내가 눈 한번 부릅뜨면 그놈은 혼비백산이야. 곤장으로 엄청 겁을 줘야지, 오쟁이 뿔 위에 불길한 혜성처럼 곤장을 걸어 놓겠어. 명심하시오, 미스터 브루크, 내가 그 농투성이를 꼼짝 못하게 하고 당신은 그녀와 잠자리를 같이하게 될 거요. 밤에 서둘러 내게 오시오. 포드는 형편없는 놈이오, 내가 아예 개망신을 시켜 주지, 당신은, 미스터 브루크, 그가 악당이고 오쟁이 진 서방이라는 걸 알게 되는 거야. 밤에 서둘러 오시오. 〔퇴장〕

포드 정말 저주받을 호색한 놈이군! 답답해서 가슴이 찢어질 것 같아! 누가 이걸 근거 없는 질투라 하겠나? 내 아내가 그에게 사람을 보냈고, 시간이 정해졌고, 연놈이 짝을 이루었어. 이럴 수가 있나? 부정한 여자를 데리고 사는 지옥을 겪다니! 내 침대는 모욕당하고, 금고는 약탈당하고, 명성은 갉아 먹히고, 이런 극악무도한 꼴을 당하는 것도 모자라 그 구역질 나는 별명까지 달고 다녀야 한다 이거야, 그것도 내게 이런 짓을 해대는 놈이 붙여 준 별명을. 별명이! 이름이라! '아메이몬', 좋은데, '루시퍼', 좋고, '바아슨', 그것도 괜찮고, 모두 악마에, 적들의 이름이라 뭐할 뿐. 하지만 '오쟁이', '걸핏하면 오쟁이' 라니! '오쟁이'라—악마도 이런 이름은 없어. 페이지는 멍청이야, 완전 멍청이. 자기 마누라를 믿는다, 질투하지 않는다, 운운. 난 차라리 플랑드르 놈한테 버터를 맡기고, 웨일스 놈 휴 목사한테 치즈를 맡기고, 아일랜드 놈에게 위스키 병을 맡길망정, 혹은 거세한 말 측대보 훈련을 도둑놈한테 맡길망정, 마누라한테 그녀 자신을 맡기지는 않겠어. 맡겨 놓으면 여자란 엉뚱한 생각을 하게 마련이지, 그러다 잔머리를 굴리고, 그러다 꾀를 내고, 그리고 마음에 있던 생각을 실행할 마음이 생기는 거야, 가슴이 부서질망정 그예 실행을 하려 든다구. 하나님, 제게 질투심을 주셔서 감사합니다! 열한 시다 이거지. 내가 막겠어, 현장을 덮쳐 마누라를 족치고, 폴스타프에게 복수해야지, 그리고 페이지를 비웃어 주는 거야. 작전 개시. 세 시간이나 남았지만 일 분 늦어 돌이킬 수 없는 것보다야 낫지. 빌어먹을, 오쟁이, 오쟁이, 오쟁이라니!

퇴장

2막 3장

윈저 공원

카이어스와 그의 하인 존 러그비, 장검을 차고 등장

카이어스 잭 러그비!

러그비 예, 주인님.

카이어스 몇 시, 잭?

러그비 시간이 지났습니다, 주인님, 휴 경과 만나기로 한 시간이.

카이어스 하나님께 맹세코, 그자 안 와서 목숨 건진 거야, 성경에 기도해야지, 지가 오지 않은 거. 맹세코, 잭 러그비, 왔으면 그자 이미 죽은 목숨이야.

러그비 그가 잘 생각한 거죠, 주인님, 오면 나리께 죽는다는 걸 안 거예요.

카이어스 (자기 장검을 뽑아 들며) 맹세코, 그자보다야 죽은 청어가 더 나았을걸. 칼을 뽑아라, 잭. 내가 그자를 어떻게 죽일지 알려 줄 테다.

러그비 웬걸요, 전 칼싸움 못합니다.

카이어스 네 이놈, 칼을 뽑으라니까.

러그비 잠깐만요, 사람들이 오는데요.

카이어스가 칼을 칼집에 꽂는다.

여관 주인, 치안 판사 셸로우, 페이지와 슬렌더 등장

여관 주인 하나님의 축복을, 골목대장 의사 선생.

셸로우 하나님의 가호를, 카이어스 의사 선생.

페이지 안녕하시오, 훌륭하신 의사 선생.

슬렌더 안녕하십시다, 선생.

카이어스 웬 일로 당신들, 하나, 둘, 셋, 네 명이 오셨소?

여관 주인 당신이 결투하는 거 보러 왔지요, 당신이 찌르는 거, 당신이 앞뒤로 움직이는 거, 당신이 여기 있는 거, 당신이 저기 있는 거 보러 왔시다. 칼끝으로 찌르고, 앞에서 찌르고, 거꾸로 가격하고, 제대로 거리를 두고 찌르고, 위로 찌르고 그러는 솜씨 보러 왔어요. 그자는 죽었소, 얼굴 까만 양반? 그자가 죽었나요, 프랑스 양반? 그래요, 우리 골목대장? 의학의 신 아스클레피오스는 뭐라시나, 갈레노스 박사는 뭐라시고, 강심장이시라구, 그래요? 그자가 죽었소, 오줌 지린 우리 골목대장? 그가 죽었소?

카이어스 맹세코, 그자는 천하의 겁쟁이 악당 사제 맞아. 얼굴 안 보였어.

여관 주인 당신은 카스탈리아의 오줌통 왕이셔, 그리스의 헥토르시고, 이 사람아.

카이어스 부디 증인 되어 줘, 내가 여섯 혹은 일곱, 두, 세 시간 동안 기다렸어, 그리고 그가 안 왔어.

셸로우 그가 더 현명한 사람이오, 의사 선생. 그는 영혼을 치료하고, 당신은 육체를 치료하잖소. 당신이 결투를 한다면 그건 당신 직업에 반하는 거지. 안 그래요, 미스터 페이지?

페이지 미스터 셸로우, 당신 자신도 굉장한 칼잡이였죠, 지금은 평화의 수호자지만.

셸로우 하나님 육체를 걸고 맹세컨대, 미스터 페이지, 내가 비록 지금은 나이가 많고 평화를 선호하지만, 칼 뽑는 걸 보면 내 손가락도 끼고 싶어 근질거린답니다. 비록 우리가 치안 판사고, 의사고, 성직자라지만, 모두 한창 때 기질이 조금은 남아 있어요. 우리 모두 여자한테서 났으니까요, 미스터 페이지.

페이지 맞아요, 미스터 셸로우.

셸로우 알고 보면 그럴 거요, 미스터 페이지.—카이어스 의사 선생, 당신을 집에 데려다 주려고 내가 온 거요. 내 직업이 평화 유지 아닙니까. 당신은 현명한 의사임을 보여 주었어요, 그리고 휴 경 또한 스스로 현명하고 참을성 있는 성직자임을 보여 준 겁니다. 나를 따라오셔야 합니다, 의사 선생.

여관 주인 잠깐만요, 우리 단골 판사님. (카이어스에게) 한마디 합시다, 오줌 줄기 약한 양반.

카이어스 오줌 줄기 약해? 그게 뭐요?

여관 주인 오줌 줄기 약하다는 건, 영어로, 용기가 있다는 거지, 골목대장.

카이어스 맹세코, 그렇담 난 영국 사람 만큼 많이 오줌 줄기 약해. 야비한 똥개 성직자 놈! 맹세코, 나 그놈 귀를 잘라 버리겠어.

여관 주인 그가 당신을 완전 개창나게 만들 거야, 골목대장.

카이어스 개창? 그게 뭐요?

여관 주인 뭣이냐, 그가 사과할 거란 뜻이오.

카이어스 맹세코, 그가 내게 개창 하겠죠, 맹세코, 나 그거 받고 말 거거든.

여관 주인 내가 그에게 그거 하라고 하죠, 아니면 도망가라고 하든지.

카이어스 그러면 고맙소.

여관 주인 그리고 게다가, 골목대장—(다른 사람들에게 방백) 하지만 우선, 단골 판사님과 미스터 페이지, 그리고 슬렌더 기사님도, 읍을 가로질러 프로그모어로들 가세요.

페이지 휴 경이 거기 있군요?

여관 주인 거기 있습니다. 그분 상태가 어떤지 봐 주세요. 난 의사를 데리고 들판으로 우회할게요. 그러면 될까요?

셸로우 우리는 그렇게 하리다.

페이지, 셸로우, 슬렌더 잘 계시오, 착하신 의사 선생.

페이지, 셸로우, 그리고 슬렌더 퇴장

카이어스 (자기 칼을 빼면서) 맹세코, 그 성직자 놈 내가 죽일 거야, 앤 페이지한테 그 멍청한 놈을 추천했으니.

여관 주인 죽여 버리쇼. 조급증은 칼집에 집어넣고, 울화통에 찬물을 부으쇼. 나와 함께 들판을 돌아 프로그모어를 가로지르는 거야. 앤 페이지 양이 있는 곳으로 내가 데려다 주겠소, 농가 잔치에 가 있거든, 그리고 당신이 그녀한테 구애를 하는 거지. 몰이 시작? 내 말 알아들었소?

카이어스 (자기 칼을 칼집에 꽂으며) 맹세코, 나 그래서 당신 고맙소. 맹세코, 나 당신 좋아, 그리고 내가 당신한테 괜찮은 단골 많이 소개해 줄 거야, 공작, 기사, 대신, 신사들, 내 환자야.

여관 주인 그 보답으로 내가 앤 페이지한테 당신을 욕해 주지, 알아들었소?

카이어스 맹세코, 좋았어요. 잘 알아들었어.

여관 주인 그럼, 줄행랑칩시다.

카이어스 바싹 따라붙거라, 잭 러그비.

퇴장

제3막

전 알게 되었어요, 아가씨의 가치는
찍어 낸 금화나 가방 가득한 돈보다 더 크다는 것을요.
그리고 바로 아가씨 자신이 보물이고
그것을 제가 바라는 거예요.

3막 1장

프로그모어 들판 근처

장검을 차고 책을 든 휴 에번스 경과 에번스의 가운을 든 심플 등장

에번스 이보시게, 착한 미스터 슬렌더의 하인, 이름은 심플이라 했고, 잘 살피고 있는 건가, 그 미스터 카이어스란 자, 자칭 의학박사 그자가 어느 쪽에서 오고 있나?

심플 그럼요, 나리, 소공원과 대공원 쪽, 온갖 길을 살피고 있죠. 구 윈저로 쪽도, 읍내 길만 빼고는 모든 도로를 살피고 있습니다.

에번스 그쪽 길도 살펴 주기를 강력히 바라오.

심플 그러죠, 나리. (퇴장)

에번스 (책을 펼치며) 예수, 저를 보살피소서, 치가 떨리고, 마음도 떨려요! 그가 나를 기만한 것이면 좋겠는데. 정말 우울하군! 좋은 기회가 있으면 그놈 오줌통으로 그 나쁜 놈 대가리를 부술 거야. 제 영혼 보살피소서!—

(노래 부르며)

얕은 강으로, 그 폭포에 맞춘
아름다운 곡조로 새들이 마드리갈 지저귀는.
거기서 우리 장미꽃 침대 만들리,

천 송이 향그러운 꽃 침대 만들리.

얕은 강으로—

내게 자비를! 참으로 울고 싶구나.—

〔노래 부르며〕

아름다운 곡조로 새들이 마드리갈 지저귀는.—

내가 바빌론에 앉아서—

그리고 방그러운 천 송이 꽃.

얕은 강으로—

심플 등장

심플 저기 그가 오고 있는데요. 이쪽입니다, 목사님.

에번스 올 테면 오라지.

〔노래 부르며〕 '얕은 강으로 그 폭포에 맞춘—' 하나님, 정의로운 자 번창케 하소서! 그는 어떤 무기를 들었나?

심플 무기는 없는뎁쇼, 목사님. 저기 제 주인님, 미스터 셸로우, 그리고 또 다른 신사분이 오는데요, 프로그모어 쪽에서, 계단 너머 이쪽으로요.

에번스 내 가운 주세요—아니면 팔에 걸치고 있든지.

에번스가 읽는다.
치안 판사 셸로우, 미스터 슬렌더, 그리고 미스터 페이지 등장

셸로우 안녕하시오, 목사 선생? 좋은 아침이에요, 훌륭하신 휴경. 노름꾼이 주사위를 멀리하고 훌륭한 학생이 책을 멀리한다면, 의아한 일이겠지요.

슬렌더 〔방백〕 아, 상냥한 앤 페이지!

페이지 하나님의 가호를, 훌륭하신 휴 경.

에번스 하나님의 자비로 축복 받으시기를, 당신들 모두.

셸로우 아니, 칼과 성경? 양쪽 다 공부하시오, 목사 선생?

페이지 게다가 여전히 젊으시네, 오늘처럼 으스스한 류머티즘 날씨에 꽉 끼는 조끼며 타이츠 차림이라니!

에번스 그건 다 이유와 원인이 있소.

페이지 당신한테 좋은 일을 해 주려고 우리가 왔소, 목사 선생.

에번스 아주 초아요. 뭔데요?

페이지 저쪽에 아주 존경스런 신사분이 있는데, 어떤 사람한테 모욕을 당했는지, 체신도 잊고 분통을 터트리는 게 그런 난리가 없더라니까요.

셸로우 내가 팔십을 넘게 살았지만, 그 정도 신분에, 체신, 그리고 학식을 갖춘 분이 자신의 훌륭한 명성과 그리도 따로 노는 것을 본 적이 없소.

에번스 누군데요?

페이지 당신도 알 것 같은데. 카이어스 의사 선생, 그 유명한 프랑스 내과의사분이라오.

에번스 아뿔싸 이럴 수가! 차라리 걸쭉한 수프 얘기를 하는 게 낫지.

페이지 왜요?

에번스 그자는 히뽀크라테스고 갈레노스고 하나도 몰라요, 게다가 악당이고—알고 지내고 싶다니 말이지만 비겁한 악당이라구.

페이지 (셸로우에게) 정말, 그가 한판 붙자고 하겠는데요.

슬렌더 (방백) 오 상냥한 앤 페이지!

셸로우 무기를 보니 그럴 것 같군.

〔여관 주인, 카이어스, 그리고 존 러그비 등장〕

따로 떼어 놓으시오—카이어스 박사가 오고 있소.

에번스와 카이어스가 칼을 뽑고 싸우려 한다.

페이지 안 돼요, 착하신 목사 선생, 무기를 거두세요.

셸로우 당신도 그렇게 하시오, 착하신 의사 선생.

여관 주인 무기를 빼앗고 둘이 말싸움을 하게 하지요. 두 사람 사지는 멀쩡하고, 우리 나라 말이나 난도질당하게.

셸로우와 페이지가 카이어스 및 에번스의 장검을 빼앗는다.

카이어스 〔에번스에게〕 내 말 한마디 귀를 씻고 들으렷다. 왜 너는 나를 안 만났나?

에번스 〔카이어스에게 방백〕 제발 참으시오. 〔크게〕 잘 만났다 이놈!

카이어스 맹세코, 넌 겁쟁이, 똥개, 오줌원숭이야.

에번스 〔카이어스에게 방백〕 우리 제발 다른 사람 기분에 맡겨진 웃음거리 되지 말지요. 난 당신 친구하고 싶어요, 그리고 이 식으로건 저 식으로건 당신께 사과할 거예요. 〔크게〕 예수께 맹세코, 내가 네놈 오줌통으로 네놈 대가리를 부수고 말겠어.

카이어스 악마로다! 잭 러그비, 그리고 우리 여관 주인, 내가 그를 죽이려 그를 기다리지 않았소? 내가 안 그랬소, 내가 약속한 장소에서?

에번스 내 기독의 영혼을 걸고 말하지만, 이봐요, 약속 장소는 여기요. 어디 여관 주인한테 물어봅시다.

여관 주인 글쎄 진정하시오, 갈리아 인과 고올 인, 프랑스 인과 웨일스 인, 영혼 치료사와 육체 치료사 양쪽 다 진정해요.

카이어스 그래, 그 말 아주 좋아, 썩 괜찮아.

여관 주인 글쎄 진정하시라니까요. 나 여관 주인의 말을 들으세요. 내가 모사꾼입니까? 내가 잔머리 굴려요? 내가 마키아벨립니까, 뭡니까? 내가 저 의사님을 잃어야 할까요? 안 되죠, 그분은 우리에게 약을 주고 변비를 고쳐 주거든요. 내가 우리 목사님, 우리 사제님, 우리 휴 경을 잃어야 할까요? 아니죠, 그분은 우리에게 격언과 금언을 주시거든. 〔카이어스에게〕 선생의 손을 내게 주시오, 지상으로서—그렇지. 〔에번스에게〕 목사님 손을 내게 주시죠, 천상으로서—그렇지. 학식 많은 두 분, 내가 두 분 모두 속였던 거요, 두 분 모두 엉뚱한 장소로 가게 한 거죠. 두 분 모두 심장 이상 없고, 두 분 모두 피부 멀쩡하니, 데운 셰리주 건배가 제격이지요. 〔셸로우와 페이지에게〕 갑시다, 두 분 칼은 저당이나 잡히자구요. 〔카이어스와 에번스에게〕 따라오시죠, 평화의 청년분들, 따라와요, 어서, 따라오쇼. 〔퇴장〕

셸로우 그것 참, 미친 여관 주인 아닌가! 갑시다, 신사분들, 가자구요.

셸로우와 페이지 퇴장

슬렌더 〔방백〕 오 상냥한 앤 페이지! 〔퇴장〕

카이어스 하, 그랬나? 그대들이 우릴 바보로 만들었다, 하, 하?

에번스 잘된 거예요. 그가 우리를 조롱거리로 만들었네요. 난 당신과 친구하고 싶어요, 그리고 머리가 깨지더라도 꾀를 내서 이 비열한, 치사한, 사기꾼, 여관 주인한테 앙갚음을 해 주자구요.

카이어스 맹세코, 진심으로. 그가 나를 앤 페이지 있는 곳으로 데려다 준다 했는데. 맹세코, 그가 나도 속였어요.

에번스 그래요, 그놈 대가리를 갈겨 줍시다. 자, 가 보죠.

모두 퇴장

3막 2장

원저의 어떤 거리

로빈, 그리고 뒤를 이어 페이지 부인 등장

페이지 부인 아니지, 네가 앞장서거라, 꼬마 바람둥이. 넌 대체로 따라오는 게 일이었겠지만, 지금은 네가 지도자야. 어느 쪽이 더 낫냐, 내 눈을 인도하는 거, 아니면 네 주인 발꿈치를 눈으로 좇는 거?

로빈 저는, 정말, 사내답게 아줌마 앞장을 서는 게 좋지요, 난쟁이처럼 그분 뒤를 따르는 것보다는.

페이지 부인 오, 아양도 잘 떠네. 넌 궁정 신하가 되겠구나.

미스터 포드 등장

포드 잘 만났습니다, 페이지 부인. 어디로 가시오?

페이지 부인 참으로, 선생네 부인 보러 가는 길이네요. 집에 있나요?

포드 예, 빈둥빈둥 퍼질 대로 퍼져 있죠, 말동무가 없어서요. 남편들 죽으면 두 분이 결혼하실 거 같아요.

페이지 부인 당연하죠—다른 두 남편과.

포드 이 예쁘장한 바람개비는 어디서 나셨는지?

페이지 부인 남편이 이 개구쟁이를 얻어 왔는데 주신 분 이름을 모르겠네요.—얘, 네가 모시는 기사분 성함이 어떻게 되니?

로빈 존 폴스타프 경이요.

포드 존 폴스타프 경?

페이지 부인 그래, 맞아, 그분 이름은 통 생각이 안 나요. 우리 남편과 그분이 그렇게 친한데도! 선생네 부인 정말 집에 계시는 거죠?

포드 정말 있어요.

페이지 부인 그럼 이만, 선생, 선생네 부인 보고 싶어 제가 안달이 난걸요.

로빈과 페이지 부인 퇴장

포드 페이지는 머리라는 게 있기나 한 건가? 눈이란 게 있나? 생각이 있는 거야? 모두 잠든 게 분명해, 써먹질 않으니까. 이런, 저 꼬마가 편지를 들고 20마일은 갈 텐데, 포탄이 240야드 곧장 날아가는 것만큼이나 간단하게 말야. 페이지는 제 마누라 바람기를 야금야금 부채질하고 있다구, 그녀의 어리석음에 추진력과 기회를 갖다 바치는 거지. 그리고 지금 그녀가 내 마누라한테 가고 있어, 폴스타프의 꼬마까지 데리고. 사내라면 음산한 바람 속에 소낙비 오는 소리 듣기 마련이지. 게다가 폴스타프의 꼬마가 그녀와 함께 있고. 옳거니—모두 꼼짝 마라다, 그리고 우리의 부정한 마누라들은 함께 저주를 받는 거야. 그래, 내가 그놈을 덮칠 테다, 그런 다음 내 마누라를 족치고, 페이지 여편네가 빌려 쓴 정숙의 베일을 확 벗기고, 페이지 놈을 멍청하고 제멋에 겨운 악테온, 오쟁이 진 사내로 까발리는 거야, 그러면 온통 벌어지는 난리통에 동네 사람들이 모두 박수를 치겠지.

〔시계가 친다〕

시계 소리가 큐 신호야, 그리고 확신이 내게 수색을 명하는 거지. 거기 분명 폴스타프가 있을 거야. 이 일로 난 조롱이 아니라 잘했다는 소리를 듣게 될걸, 왜냐면 폴스타프가 거기 있다는 건 지구가 튼튼한 것만큼이나 확실하게 긍정 쪽이야. 내가 가겠어.

페이지, 셸로우, 슬렌더, 여관 주인, 에번스, 카이어스, 그리고 존 러그비 등장

셸로우, 페이지, 등등 잘 만났소, 미스터 포드.

포드 〔방백〕 정말, 한통속이 따로 없군! 〔그들에게〕 집에 음식을 차려 놓았는데, 모두 저와 함께 가시죠.

셸로우 전 실례를 범해야겠군요, 미스터 포드.

슬렌더 저도 못 가겠네요, 선생. 우린 앤 양과 저녁 약속이 있거든요, 아무리 많은 돈을 준대도 제가 어길 생각이 없는 약속이죠.

셸로우 앤 페이지와 내 조카 슬렌더 사이 혼담 얘기가 계속 결론을 내지 못했는데, 오늘 답을 듣게 될 겁니다.

슬렌더 저를 잘 보아주시면 좋겠습니다, 앤 아버님.

페이지 잘 보다마다, 미스터 슬렌더, 나는 전적으로 당신 편이오. 〔카이어스에게〕 하지만 내 아내는, 의사 선생, 일체 당신 편이에요.

카이어스 그럼요, 맹세코, 그리고 그 처녀 날 사랑해요. 내 미시즈

퀴클리가 얼마나 장담했는데.

여관 주인 〔페이지에게〕 미스터 펜튼은 어때요? 그는 날렵하고, 춤을 알고, 젊음의 눈빛인데, 시도 쓰고, 말솜씨도 경쾌하고, 4월과 5월 내음을 풍기는데 말요. 그가 해낼 거요, 그가 해내지, 청춘이니까 해낼 거야.

페이지 난 반대요, 두고 보시오. 그 신사는 가진 게 없어. 제멋대로인 왕자와 포인즈 따위와 어울려 다니고. 지위가 너무 높아요, 아는 게 너무 많다고. 안 되지, 그가 내 재산의 손가락으로 제 운명의 매듭을 맺게 할 수는 없지. 딸애를 데려가려면, 몸만 데려가라 그러슈. 내 재산은 내 맘대로고, 내 맘은 그쪽이 아니오.

포드 진심으로 부탁컨대, 몇 분은 저희 집에 가서 저녁을 하시죠. 음식 말고도, 여흥이 있을 겁니다. 괴물을 보여 드릴게요. 의사 선생, 당신은 가셔야죠. 미스터 페이지, 당신도요, 그리고 휴 경도 가시고요.

셸로우 그럼, 하나님이 여러분과 함께하시기를! 〔슬렌더에게 방백〕 미스터 페이지 집에서 좀 더 널널하게 청혼을 할 수 있겠구나.

셸로우와 슬렌더 퇴장

카이어스 집에 가라, 존 러그비, 나도 곧 가마.

러그비 퇴장

여관 주인 그럼 안녕, 제 마음의 친구분들. 전 저의 정직한 기사 폴스타프한테 가서, 포도주나 한 잔 하겠습니다. 〔퇴장〕

포드 〔방백〕 내가 그놈과 먼저 통으로 포도주를 마셔야겠군, 돌아 버리게 만드는 거지. 〔페이지, 카이어스, 그리고 에번스에게〕 가실까요, 신사분들?

페이지, 카이어스, 에번스 가서 그 괴물이란 거 한번 봅시다.

모두 퇴장

3막 3장

포드의 집

포드 부인과 페이지 부인 등장

포드 부인 어딨나, 존! 어딨어, 로버트!

페이지 부인 빨리, 빨리! 빨래 광주리—.

포드 부인 걱정 마세요.—어딨어, 로버트, 좀 와 보라니까!

페이지 부인 이리 와요, 빨리, 어서!

존과 로버트가 빨래 광주리 하나를 들고 등장

포드 부인 여기, 여기다 내려놔.

페이지 부인 이 사람들한테 단단히 이르세요. 시간 없어요.

포드 부인 자, 내가 앞서 일렀던 대로, 존 그리고 로버트, 여기 양조실 안에 바싹 붙어 대기하라구, 그리고 내가 급히 너희를 부르면, 뛰쳐나와 그 길로 확실하게 이 광주리를 어깨에 메는 거야. 그러고는 가장 빠른 속도로 걸어서, 더칫 목초지 아마포 표백하는 데로 가라구, 그리고 거기 템스 강 옆에 바로 붙은 진창 도랑에다 내용물을 쏟아 버리는 거야.

페이지 부인 〔존과 로버트에게〕 알아들으셨나?

포드 부인 몇 번씩이나 말했어요, 귀에 딱지가 앉도록.—자, 제자리로, 그리고 부르면 나오라구.

존과 로버트 퇴장
로빈 등장

페이지 부인 꼬마 로빈이 오네요.

포드 부인 잘 지냈지, 내 귀여운 새매 새끼, 그래 소식은?

로빈 제 주인 존 경께서 뒷문에 와 계셔요, 포드 부인, 그리고 부인을 뵙자 하시네요.

페이지 부인 요 사순절 인형 같은 꼬마, 배반을 때린 건 아니겠지?

로빈 그럼요, 맹세해도 좋아요. 제 주인께서는 부인 여기 계신 거 몰라요, 그리고 제가 부인께 고자질을 하면 영구 해방시키겠다고 으름장을 놓으셨어요, 저를 쫓아내겠단 맹세죠.

페이지 부인 착한 아이로구나. 네 침묵이 재단사 노릇을 할 게다, 그리고 새 조끼와 바지를 지어 줄 거야.—나도 몸을 숨겨야겠어요.

포드 부인 그러셔야죠. (로빈에게) 가서 네 주인께 나 혼자 있다고 말씀드리거라.

(로빈 퇴장)

페이지 부인, 큐 신호 놓치지 마세요.

페이지 부인 염려 마세요. 제가 그걸 놓치면, 면박을 당해도 싸죠.

포드 부인 그럼, 시작하는 거예요.

(페이지 부인 퇴장)

이 불결한 개기름쟁이, 이 구역질나는 물컹 호박놈을 호되게 골탕 먹여야지. 정숙한 명주비둘기와 음탕한 어치새 구분도 못하는 주제를, 따끔하게 알게 해 주는 거야.

존 폴스타프 경 등장

폴스타프 내가 당신을, 내 천상의 보석을 손에 쥐게 된 거요? 아, 난 이제 죽어도 좋소, 충분히 오래 살았거든. 이것이 내 야심의 목표였소. 오, 이 축복 받은 시간!

포드 부인 오 사랑스런 존 경!

폴스타프 포드 부인, 난 거짓말 못합니다, 난 수다 못 떱니다. 내 바람으로 내가 죄를 지을 것 같군요, 당신 남편이 죽었으면 하는 게 내 바람이니까요. 가장 훌륭한 군주 앞에서 말하리다. 난 당신을 아내로 맞고 싶소.

포드 부인 제가 당신의 부인이요, 존 경? 아, 형편없는 부인이겠네요.

폴스타프 프랑스 궁정에도 이런 부인 다시는 없소. 당신의 눈이 다이아몬드와 겨루지요. 당신의 알맞게 둥근 이마는 그 아름다움이 배 모양 머리 장식도, 엄청난 머리 장식도, 혹은 베니스에서 통하는 어떤 장식도 어울리지요.

포드 부인 흔해 빠진 수건이라면 모를까, 존 경—제 이마에는 다른 어떤 것도 어울리지 않아요, 아니 수건도 잘 안 어울리는데.

폴스타프 주님께 맹세코, 그렇게 말하면 폭군이오. 당신은 완벽한 궁내대신 부인이 될 거야, 그리고 발을 단단히 디디면 반원형 스커트 걸음걸이가 근사할 거야. 팔자가, 지금은 당신의 적이지만, 당신 외모, 그건 당신의 친구인데, 서로 죽이 맞으면 끝내줄 게 틀림없어요. 그럼요, 당신의 아름다움은 감출 수가 없는 거예요.

포드 부인 정말, 제게는 그런 것이 없어요, 감추기는요.

폴스타프 무엇 때문에 내가 당신을 사랑하겠소? 그것만 보아도 당신한테 뭔가 특별한 게 있는 거지요. 그러지 마세요, 전 거짓말로 당신이 이거다 저거다 말 못합니다, 남장한 계집애처럼 향수 처바르고 여름날 약초상 거리 냄새 풍기는 그 숱한 애송이들하고는 다르다 이겁니다, 전 거짓말 못해요. 그리고 제가 당신을 사랑해요, 오로지 당신만을요, 그리고 당신은 그럴 자격이 있어요.

포드 부인 괜한 말씀 마세요, 경. 페이지 부인을 사랑하시는 것 같은데.

폴스타프 차라리 내가 빚쟁이 감옥 생활을 사랑한다고 하쇼, 그 석회 가마 냄새 나는 년을 내가 설마.

포드 부인 됐어요, 제가 당신을 얼마나 사랑하는지 하늘이 아시죠. 언젠가는 당신도 알게 되겠구요.

폴스타프 그 마음 변치 마쇼. 내가 그 자격이 될 거요.

포드 부인 아니, 제 말씀은, 당신은 그 자격이 이미 되시죠, 아니면 제가 그 마음을 품었을 리 없죠.

로빈 등장

로빈 포드 부인, 포드 부인! 페이지 부인이 문 앞에 계셔요, 땀범벅에 헉헉대면서요, 그리고 화난 것 같아요, 당장 마님과 할 말이 있다고 하시는데요.

폴스타프 그 여자가 날 보면 안 돼. 벽 휘장 뒤로 몸을 숨겨야겠소.

포드 부인 그러셔야겠네요. 입이 아주 가벼운 여자라.

〔폴스타프가 휘장 뒤에 선다. 페이지 부인 등장〕

무슨 일이에요? 왜 그래요?

페이지 부인 오 포드 부인, 무슨 짓이에요? 이건 수치예요. 파멸, 당신 영영 끝장이라구요!

포드 부인 무슨 일이에요, 착하신 페이지 부인?

페이지 부인 오 이런, 포드 부인! 순정한 사내를 남편으로 두신 분이, 이렇게 의심 받을 짓을 하시다니!

포드 부인 의심 받을 짓이라뇨?

페이지 부인 의심 받을 짓이라뇨? 맙소사! 내가 당신을 잘못 보았어!

포드 부인 아니, 근데, 무슨 일인데요?

페이지 부인 당신 남편이 이리 오고 있다구, 당신, 윈저의 온갖 경찰들을 데리고 말야. 당신 남편 말이 웬 사내 하나가 집에 있다고, 당신이 들였다고, 남편 없는 틈을 타서 못된 짓을 하려 한다고 말이오. 당신은 끝이야.

포드 부인 그럴 리가요.

페이지 부인 그런 사내가 여기 있을 리 없으라고 하늘에 기도하슈! 하지만 당신 남편이 분명 이리로 오고 있어요. 윈저 사람 반을 꽁무니에 달고 말요. 그놈을 찾겠다고 말이지. 내 미리 와서 일러 주는 거유. 죄진 게 없다면, 아무렴, 나도 기뻐요. 하지만 만일 연인을 숨겨 놓은 거면, 옮겨요, 옮기라구, 밖으로. 당황하지 말구. 정신 바싹 차려요. 명예를 지켜야지, 까딱하면 평판 있는 삶은 영영 끝이에요.

포드 부인 어쩌죠? 신사 한 분이 있기는 해요. 내 소중한 친구분,

그리고 내 자신의 수치보다는 그분이 위험에 처할까 더 걱정이네요. 차라리 천 파운드를 쓸망정 그분을 밖으로 모셔야겠는데.

페이지 부인 아이 참, '차라리', '차라리' 하며 시간 낭비 말고요. 당신 남편이 코앞에 닥쳤다니까. 뭔가 나를 것 없나 찾아봐요. 집안에 그를 숨겨서는 안 돼요. 오, 내가 감쪽같이 속았어! 그래, 여기 광주리가 있네. 몸집이 웬만하면, 이 속으로 들어가면 되겠네, 그리고 그 위에 더러운 아마포를 덮어씌우면 빨래통처럼 보일 거 아냐. 아니면—표백 철이니까—하인 두 명을 시켜 더칫 목초지로 보내든지.

포드 부인 그분은 너무 몸이 커서 못 들어가요. 어쩌면 좋죠?

폴스타프 (앞으로 나오며) 봅시다, 봅시다, 오 어디 봅시다! 들어가겠소, 들어갈게요. 당신 친구 말을 따라요, 내가 들어가겠소.

페이지 부인 아니, 존 폴스타프 경! (그에게 방백) 이거 당신이 보낸 편지 맞지요, 기사 양반?

폴스타프 (페이지 부인에게 방백) 난 당신을 사랑하오. 빠져나가게 도와주시오. 이 안에 들어가야 해.

(폴스타프가 광주리 안으로 들어간다)

난 결코—.

페이지 부인과 포드 부인이 더러운 옷가지들을 그 위로 덮는다.

페이지 부인 (로빈에게) 얘야, 너도 네 주인을 덮어 드려—댁네 하인들을 부르세요, 포드 부인. (폴스타프에게 방백) 이 표리부동한 양반 같으니!

포드 부인 어딨나, 존! 로버트, 존!

〔존과 로버트 등장〕

이 옷가지들을 빨리 가져가거라. 광주리 장대 어딨지?

〔존과 로버트가 장대를 광주리 걸이에 끼운다〕

저 꾸물대는 거 봐라! 더칫 목초지 표백터로 가져가. 빨리, 움직여!

하인들이 광주리를 들어 올리고 떠나려 한다.
포드, 페이지, 카이어스, 그리고 에번스 등장

포드 〔페이지, 카이어스, 그리고 에번스에게〕 자 와서 보시오. 내가 근거 없이 의심한 거라면, 그래요, 정말, 저를 놀리셔도 좋아요, 그렇담 내가 우스꽝스런 놈이죠—그런 소리 들어 마땅합니다. 〔존과 로버트에게〕 뭐냐, 이걸 어디로 가져가는 거야?

존 표백터로 갑니다, 예.

포드 부인 아니, 그걸 어디로 가져가든 당신이 무슨 상관이에요? 빨래 표백까지 참견이니 참으로 장하슈!

포드 표백? 나야말로 이 몸을 표백해야겠소! 표백, 표백, 표백이라구? 그래, 표백이지, 정말, 표백. 그리고 때는 바야흐로 표백 철이고, 난 뿔난 사슴이고.

〔존과 로버트가 광주리를 들고 퇴장〕

신사분들, 내가 어젯밤 꿈을 꾸었습니다. 내 꿈을 여러분께 전해 드리죠. 자, 자, 여기 열쇠를 받으시오. 내 방으로 올라가셔서, 뒤지고, 찾고, 알아보시오. 단언컨대 여우 한 마리가 숨었다가 튀어나올걸. 이쪽부터 막읍시다.

〔문을 잠근다〕

자, 이제, 몰이 시작.

페이지 훌륭하신 미스터 포드, 그만하세요. 당신은 자기 학대가 너무 심합니다.

포드 그렇겠죠, 미스터 페이지.—올라가세요, 신사분들! 이제 곧 재미난 일이 벌어질 겁니다. (퇴장)

에번스 이건 매우 환상적인 유머이자 질투군요.

카이어스 맹세코, 이건 프랑스 식 아냐, 프랑스에는 질투 없어.

페이지 어쨌거나, 그를 따라갑시다, 여러분. 뭘 찾아내는지 보자고요.

카이어스, 에번스, 그리고 페이지 퇴장

페이지 부인 정말 기막힌 일치 아녜요?

포드 부인 뭐가 더 재밌는지 모를 정도네요, 남편 골려 먹은 건지, 아니면 존 경 골려 먹은 건지.

페이지 부인 당신 남편이 광주리에 뭐가 들었냐고 물었을 때 그자 간담이 얼마나 서늘했을까!

포드 부인 모르긴 몰라도 오줌을 싸지 않았을까, 그러니 진창에 던져 버리면 안성맞춤이죠.

페이지 부인 목매달아 죽일 놈, 흉악한 색골 같으니! 그런 놈들은 몽땅 같은 꼬라지를 당해야 마땅한데.

포드 부인 남편이 딱 꼬집어 폴스타프를 의심한 것 같아요, 이제껏 그 정도로 난폭하게 질투를 부린 적은 없었거든요.

페이지 부인 내가 꾀를 내서 어떻게 된 건지 알아볼게요, 그리고 폴스타프를 좀 더 골려 줍시다. 워낙 고질병이라 이 정도로는 고쳐질 것 같지가 않아요.

포드 부인 그 썩은 살 가정부 퀴클리를 그에게 다시 보낼까요, 그리고 물에 빠트린 것을 사과하고, 한 번 더 생심을 내게 하고, 또 한 번 혼쭐을 내 주는 게 어때요?

페이지 부인 그거 좋죠. 내일 여덟 시에 미시즈 퀴클리를 보내서, 벌충을 하겠다고 하지요.

포드, 페이지, 카이어스, 그리고 에번스 등장

포드 아무 데도 없네. 그놈이 공연히 허풍만 떨었던 모양이군.

페이지 부인 (포드 부인에게 방백) 남편 말씀 들었어요?

포드 부인 마누라 대접 한 번 기막히네요, 미스터 포드, 그죠?

포드 아 뭐, 그렇게 됐소.

포드 부인 비나이다, 내가 우리 남편 생각보다 더 나은 사람이기를!

포드 아멘.

페이지 부인 자신을 엄청 모욕하신 거예요, 미스터 포드.

포드 맞아요, 맞아, 제가 감수해야죠.

에번스 누가 집 안에, 방 안에, 그리고 상자 안에, 그리고 찬장 안에 있다면, 주여 심판의 날에 저의 죄를 용서하세요!

카이어스 맹세코, 나도 그래요. 아무도 없어.

페이지 이런, 이보쇼, 미스터 포드, 수치스럽지도 않소? 도대체 무슨 정신으로, 어떤 악마가 이런 망상을 부추긴 거요? 윈저 성의 보물을 준대도 난 당신같이 성질부리지 않을 거요.

포드 제 잘못입니다, 미스터 페이지. 저도 괴롭네요.

에번스 나쁜 양심 때문에 괴롭지. 당신 아내는 오천 명 중에서 그럴 수 없이 정숙한 여자요, 그리고 오백 명 중에서도.

카이어스 맹세코, 내가 보기에 그녀는 정숙한 여자야.

포드 그래요, 제가 여러분께 저녁 초대를 했었죠. 갑시다, 가세요, 뜰로 나가죠. 용서를 빕니다. 제가 왜 이랬는지는 나중에 말씀드리죠.—갑시다, 여보, 가시죠, 페이지 부인. 진심으로 용서를 빌어요. 진심으로.

페이지 〔카이어스와 에번스에게〕 들어갑시다, 신사분들. 〔그들에게 방백〕 하지만 정말, 웃기는 작자네요. 〔포드, 카이어스, 에번스에게〕 내일 아침은 저의 집으로 아침 하시러 오시지요. 식사 후에는, 함께 새 사냥을 하고요. 몰이 새 좋은 게 제게 한 마리 있습니다. 그러시지요?

포드 뭐든지.

에번스 하나가 있으면, 내가 둘로 끼죠.

카이어스 하나 혹은 둘이 있으면, 내가 세 번째요.

포드 앞장서시죠, 미스터 페이지.

에번스와 카이어스만 남고 모두 퇴장

에번스 부디, 내일 잊지 마쇼, 그 버러지 같은 악당 여관 주인 놈 말요.

카이어스 그럼요, 맹세코, 전적으로.

에번스 버러지 같은 악당. 그놈한테 웃음거리, 조롱거리가 되다니.

모두 퇴장

3막 4장

페이지의 집 바깥

미스터 펜튼과 앤 페이지 등장

펜튼 아가씨 아버님은 제가 싫은가 봐요.
그러니 더 이상 저더러 아버님 뵈라는 소리 마셔요. 내 사랑 낸.

앤 저런, 그럼 어떡하죠?

펜튼 그러니, 아가씨 스스로 해결할밖에요.
그분이 반대하는 건 우리 가문이 너무 거창해서예요,
그리고, 제가 낭비를 해서 재산을 까먹었기 때문에
그분 재산으로 메우려 한다고 생각하시죠.
이것 말고도, 다른 장애물을 그가 제 앞에 세우시는데요—
과거에 방탕했다는 거, 거친 친구들과 패거리를 이룬다는 거.
그분 말씀은 제가 아가씨를 사랑하는 게
오로지 돈 때문이라는 거죠.

앤 일리가 있는 말씀일지 모르죠.

펜튼 아닙니다, 앞으로는 절대!
비록 고백컨대 아가씨 아버님 재산이

제가 아가씨께 청혼한 첫 동기였기는 하지만,
아가씨한테 청혼을 하면서, 전 알게 되었어요, 아가씨의 가치는
찍어 낸 금화나 가방 가득한 돈보다 더 크다는 것을요.
그리고 바로 아가씨 자신이 보물이고
그것을 제가 바라는 거예요.

앤 마음씨 고우신 미스터 펜튼,
하지만 제 아버지 마음을 잡으셔야 해요, 계속 그러셔야 합니다, 신사분.
기회를 잡아 아주 겸손하게 청하여도
그럴 수 없다면, 정말 큰일이죠—.
〔치안 판사 셸로우, 옷을 잘 차려입은 슬렌더, 미시즈 퀴클리 등장〕
쉿 이리로.

그들이 떨어져서 이야기를 나눈다.

셸로우 저들 대화를 끊어 주시오, 퀴클리 부인. 내 조카가 직접 말을 해야 하니까.

슬렌더 저것들을 떼어 놓아야지. 제기랄, 떨리네.

셸로우 기죽을 것 없어.

슬렌더 그럼요, 그녀가 날 기죽이면 안 되죠.
그건 안 좋은 거죠, 한데 좀 겁이 나네.

미시즈 퀴클리 〔앤에게〕 이봐요, 아가씨, 미스터 슬렌더가 할 말이 있으시다네요.

앤 제가 가지요. 〔펜튼에게〕 아버님이 찍은 사람이에요.
오, 저렇게 형편없이 추하게 생긴 사람이

연 수입 300파운드로 잘생겨 보이다니!

미시즈 퀴클리 근데 착하신 미스터 펜튼은 어떻게 지내시나? 미스터, 저랑 얘기 좀 해요.

미시즈 퀴클리가 펜튼을 옆으로 잡아끈다.

셸로우 그녀가 오네. 다가가, 조카! 오 얘야, 네 아버지 살아 있을 적 생각하라구!

슬렌더 제게 아버지가 계셨었죠, 앤 아가씨. 우리 아버지 재미난 얘기 있죠—삼촌, 우리 아버지가 거위 두 마리 서리하던 그 웃긴 얘기 좀 앤 아가씨한테 해 주시지 그래요.

셸로우 앤 양, 내 조카가 앤 양을 사랑한다우.

슬렌더 맞아요, 사랑해요. 글로스터셔의 어떤 여자 못지않게 사랑해요.

셸로우 그가 아가씨를 좋은 신분으로 유지시켜 줄 거요.

슬렌더 그래요, 맹세코, 난 그럴 거예요, 길든 짧든, 향사 아래 신분으로.

셸로우 과부가 될 경우 150파운드를 보장 받으실 거고.

앤 훌륭하신 미스터 셸로우, 조카분께서 직접 청혼케 하시죠.

셸로우 물론, 그 말 고맙소, 따스한 말씀이오.—아가씨가 너랑 얘기하시겠단다, 얘야. 자리를 비켜 주마.

셸로우가 옆으로 비켜선다.

앤 자, 미스터 슬렌더.

슬렌더 자, 착하신 앤 양.

앤 어쩌실 거예요?

슬렌더 내 유서 말입니까? 그 참, 농담도 어여쁘셔라! 전 아직 유서 만들 나이 아니거든요, 다행히도, 그렇게 골골한 것도 아니고요, 감사하게도.

앤 제 말은, 미스터 슬렌더, 저를 어쩌실 거냐고요.

슬렌더 참으로, 저로서는, 아가씨를 어쩔 생각이 거의 혹은 전혀 없습니다. 아가씨 아버지와 우리 삼촌이 혼담을 시작하신 거죠. 그게 제 운이라면, 좋고요. 그게 아니라면, 그다음 청혼자가 행복하길 바랄밖에요. 저기 오는 분들이 전후사정을 더 잘 말해 드릴 수 있겠네요.

〔페이지 부부 등장〕

아버님께 여쭤 보세요, 저기 오시네요.

페이지 오셨군요, 미스터 슬렌더.—그를 사랑하거라, 내 딸 앤.—
어라, 웬 일이시오? 미스터 펜튼이 여길 어쩐 일로?
이러시는 거 아니오, 선생, 내 딸은 혼처가 정해졌소.

펜튼 그게 아니고, 미스터 페이지, 화를 가라앉히시지요.

페이지 부인 착한 미스터 펜튼, 우리 아이한테 접근하지 마세요.

페이지 내 딸은 선생과 맞지 않소.

펜튼 어르신, 잠시 말씀 좀 드려도 되겠습니까?

페이지 아니오, 훌륭하신 미스터 펜튼—
가시죠, 미스터 셸로우, 갑시다, 사위 슬렌더, 안으로.—
내 마음을 알면서, 당신이 내게 이러면 안 되죠, 미스터 펜튼.

페이지, 셸로우, 그리고 슬렌더 퇴장

미시즈 퀴클리 〔펜튼에게〕 페이지 부인께 말씀드려 보세요.

펜튼 훌륭하신 페이지 부인, 제가 부인의 따님을 사랑하는 것은
오로지 진심으로 그러는 것이기에,
저는 어쩔 수 없이 온갖 방해, 비난, 그리고 푸대접에도 불구하고
제 사랑의 기치를 드높일 것입니다,
전 물러서지 않을 겁니다. 저를 어여삐 보아주십시오.

앤 제발 어머니, 저를 아까의 그 멍청이와 결혼시키지 말아 주세요.

페이지 부인 내 생각은 다르단다, 네게 더 좋은 남편을 구해 줄 거야.

미시즈 퀴클리 (앤에게 방백) 우리 주인 얘기지, 의사 선생 말야.

앤 아아, 차라리 생매장 당해
순무로 죽도록 맞아 파묻히는 게 낫지.

페이지 부인 자, 신경 쓸 것 없어요, 훌륭한 미스터 펜튼.
난 당신 친구도 적도 되지 않을 거예요.
내 딸에게 당신을 얼마나 좋아하는지 제가 물어보지요,
그리고 딸이 하겠다는 대로 둬야겠지요.
그때까지는, 안녕, 신사 양반. 딸애가 들어가 봐야거든요.
애 아빠가 화낼 테니까요.

펜튼 안녕히 계세요, 친절하신 부인—안녕, 당신도.

페이지 부인과 앤 퇴장

미시즈 퀴클리 내가 한 건 올려 드렸네요. '아니죠,' 내가 그랬거든요, '마님 자식을 멍청이와 의사한테 보내신단 말이에요? 펜튼을 보세요.' 내가 한 건 올려 드렸어.

펜튼 고맙습니다, 아주머니. 〔그녀에게 반지를 주며〕 그리고 부탁이 있는데요, 오늘 밤 적당한 때

내 사랑 낸에게 이 반지를 전해 주세요. 〔돈을 주면서〕 이건 수고비고요.

미시즈 퀴클리 어머나 하나님께서 행운을 보내시기를!

〔펜튼 퇴장〕

마음씨 하나는 착한 분이야. 여자라면 물불을 가리지 않고 달겨들 만큼 친절한 마음씨지. 하지만 난 내 주인이 앤 양을 차지했으면 하지, 아니면 미스터 슬렌더가 그녀를 차지해도 좋고, 그게 아니면, 정말, 미스터 펜튼이 차지해도 좋지. 그들 셋 모두를 위해 할 수 있는 일을 내가 하는 거지, 내가 그러겠다고 약속했거든, 그리고 난 내가 뱉은 말을 책임질 거거든— 하지만 특히 미스터 펜튼을 위해야지. 이런, 두 부인이 존 폴스타프 경한테 보낸 심부름을 내가 깜빡했네. 나도 참, 아둔패기가 따로 없다니까.

퇴장

3막 5장

가터 여관

존 폴스타프 경 등장

폴스타프 바이돌프, 이리 오라니까!

바이돌프 등장

바이돌프 대령했습니다요, 나리.

폴스타프 가서 셰리주 1쿼트짜리 한 병 가져와, 구운 빵 한 조각 얹어서.

〔바이돌프 퇴장〕

내가 푸줏간 내장 쓰레기 외발 수레 같은 광주리에 담기고, 게다가 템스 강에 내던져지려고 이 나이까지 살았단 말이지? 좋다, 이런 꼴을 두 번 다시 당한다면, 내가 내 뇌를 꺼내서 버터로 만들고, 개한테 신년 선물로 주고 말 거다. 니기미, 그 놈들이 눈도 못 뜬 강아지 새끼 버리듯 아무 거리낌 없이 나를 강물에 처박았단 말이지, 열다섯 마리를 한꺼번에 버리듯! 그리고 내 몸을 보면 알겠지만 난 물에 빠지면 맥주병보다 더하다구. 바닥이 지옥처럼 깊더라도, 바닥까지 간다구. 백 퍼센트 익사지, 강변이 모랫둑이고 얕았기 망정이지—그런 죽음은 내가 끔찍하지, 물에 몸이 부푼다고, 내 몸이 부풀면 그 꼴이 어땠겠어? 니미럴, 산더미만 한 시신 아니겠나!

셰리주 큰 잔 두 개를 들고 바아돌프 등장

바아돌프 미시즈 퀴클리가 와서, 나리, 나리를 뵙자는데요.

폴스타프 오냐, 템스 강물에 셰리주 좀 들이부어야겠다, 내 배가 혈기 진정제로 눈덩이를 삼킨 것처럼 차갑단 말이다.

(술을 마신다)

그녀를 들여라.

바아돌프 들어오세요, 아주머니!

미시즈 퀴클리 등장

미시즈 퀴클리 (폴스타프에게) 실례합니다, 정말 실례가 많습니다. 좋은 날 맞으시기를!

폴스타프 (술을 마시고 나서 바아돌프에게) 이 잔들을 가져가거라. 셰리주를 2쿼트 더 준비해, 제대로 말이다.

바아돌프 계란도 넣을까요, 나리?

폴스타프 순결하게 해 와. 암탉 좆물 같은 거 내 술에다 넣지 말라고.

(바아돌프가 잔을 들고 퇴장)

어쩐 일이쇼?

미시즈 퀴클리 예, 나리, 포드 부인이 보내 왔습니다.

폴스타프 포드 부인? 그런 개여울 같은 년. 내가 포드 속으로 집어던져졌고, 내 배가 개여울 한가득이다.

미시즈 퀴클리 아 그날은요, 착하신 나리, 그 부인 잘못이 아니었어요. 부인이 하인들을 얼마나 야단쳤다구요, 하인들이 발기, 말귀를 못 알아들었거든요.

폴스타프 나도 못 알아들었지, 그 멍청한 년 약속만 믿고 세웠으니.

미시즈 퀴클리 근데요, 그녀가, 그 일로, 어찌나 슬퍼하는지, 나리, 나리도 보시면 딱하단 생각이 드실 거예요. 그녀 남편이 오늘 아침 새 사냥을 가요. 부인은 나리께서 다시 한 번 와 주십사 청하는 거구요, 여덟 시와 아홉 시 사이에. 답을 빨리 전해 드려야 해요. 부인이 보상을 하실 거예요, 제가 장담하죠.

폴스타프 그렇담, 찾아봬야지. 부인께 그리 전하시오, 그리고 부인께 사내라는 것에 대해 생각 좀 해 보시라고도 전해 주시오, 사내의 약점에 대해 곰곰 생각하시고, 그런 다음 나의 장점을 판단해 달라고 말이오.

미시즈 퀴클리 그리 전하죠.

폴스타프 그러시오. 아홉 시와 열 시 사이라 했던가?

미시즈 퀴클리 여덟 시와 아홉 시요, 나리.

폴스타프 알았소, 가 보시오. 내 꼭 가리다.

미시즈 퀴클리 평안하십시오, 나리. 〔퇴장〕

폴스타프 부르크라는 자가 소식이 없군, 방에서 기다리라고 해 놓고는. 그자 돈이 썩 좋은데 말야.

〔브루크로 변장한 포드 등장〕

옳지, 왔구나.

포드 신의 축복을, 선생.

폴스타프 어서 오시오, 미스터 브루크, 나와 포드 마누라 사이에 무슨 일이 있었냐 하면.

포드 그거야말로, 존 경, 제가 듣고 싶은 소식입니다.

폴스타프 미스터 브루크, 내 당신한테 거짓말은 안 하겠소. 내가 그녀가 정한 시간에 그녀 집에 갔었소.

포드 그리고 성공하셨나요, 경?

폴스타프 운이 더럽게 나빴소, 미스터 브루크.

포드 아니 왜요, 경? 그녀가 마음을 바꾸었나요?

폴스타프 아니오, 미스터 브루크, 하지만 그 오쟁이 진 그녀 남편놈이 살금살금, 미스터 브루크, 늘 질투의 눈을 치뜨고 있었으니까, 우리 만남의 순간 나를 덮치는 거요—우린 포옹하고, 입을 맞추고, 맹세를 하고, 말하자면, 우리 희극의 프롤로그를 다 마쳤는데 말요—게다가 잔뜩 화가 나서 패거리를 잔뜩 부추기고 선동하고, 뒤꽁무니에 달고. 그리고, 정말, 자기 마누라 샛서방 찾는다고 자기 집을 온통 뒤지게 했소.

포드 아니, 경께서 거기 계시는 동안 말입니까?

폴스타프 내가 거기 있는 동안.

포드 그렇게 찾았는데도, 경을 찾지 못했고요?

폴스타프 내 말 들어 봐요. 하나님이 도우셨는지, 페이지 부인이라는 여자가 들어와, 포드가 오고 있다고 가르쳐 주는 거요, 그리고, 그녀의 기지와 포드 마누라의 헐레벌떡이 날 빨래 광주리에 실었소—.

포드 빨래 광주리요?

폴스타프 그렇다니까, 빨래 광주리!—더러운 셔츠와 속옷, 양말, 더러운 스타킹, 기름때 절은 냅킨과 함께 나를 쑤셔 박은 거지, 그래서, 미스터 브루크, 내 코가 생전 그렇게 지독한 악취는 맡아 본 적이 없었소.

포드 얼마나 그러고 계셨는데요?

폴스타프 글쎄, 내 말 더 들으라니까, 미스터 브루크, 그 여인을 악에 빠트리기 위해, 당신을 위해서 말요, 내가 어떤 일을 당했는지. 그렇게 쑤셔 박혀 있는데 말요, 포드의 하인, 종놈 한 둘이 여주인한테 불려 나오더니, 나를, 그 더러운 옷감의 이름으로, 더칫 목초지까지 날라 가는 거요. 어깨로 나르는데, 문에서 그 질투의 화신 그들 주인을 만났지 뭐야, 그리고 그자가 묻는 거야, 한 번인가 두 번, 광주리 안에 뭐가 들었냐고 말야. 난 몸이 덜덜 떨렸어, 그 미치광이 놈이 그걸 뒤져 보면 어쩌나 하고, 하지만 운명은, 그자가 오쟁이 진 남편이 될 팔자라, 그의 손을 제지한 거요. 그래서, 그는 집안 뒤지기를 계속했고, 나는 더러운 옷가지 신세로 줄행랑을 쳤던 거요. 하지만 그다음이 중요해, 미스터 브루크. 내가 세 가지 서로 다른 죽음의 고통을 맛보았단 말씀이야. 첫째, 견딜 수 없는 공포, 질투에 불타는 거세 염소한테 들킬지도 모른다는. 그다음, 빨래통 안에서 빌바오산 장검처럼 몸이 꺾였다는 거, 칼끝이 칼자루에, 코가 발가락 끝에 닿은 자세로 옴짝달싹 못하고 말요. 그리고 그다음, 강력한 액체처럼, 기름때가 아예 발효 중인 그 고약한 옷가지 마개로 봉해졌다는 것. 생각해 보시오—나 같은 체질에—생각해 봐요—더위에 버터 같고, 끊임없이 부패하고 녹는 체질에 말이오. 질식사하지 않은 게 기적이지. 그리고 이런 목욕이 한창 진행되는 와중에, 기름에 반 이상 절어 네덜란드 요리 같은 꼬라지가 됐을 때, 템스 강에 내던져지고 식혀진다는 거, 불에 시뻘겋게 달구어진 말 편자처럼 식식 소리를 내면서 말요. 생각을 해 보라구요, 미스터 브루크!

포드 진심으로, 경, 저를 위해 경께서 이 모든 것을 겪으셨다니 죄송스럽기 짝이 없습니다. 그렇담 제 구애는 절망적이군요. 경께서는 더 이상 그녀를 어떻게 해 볼 생각이 없으시겠죠?

폴스타프 미스터 브루크, 내가 그녀를 이렇게 놔두느니 어차피 템스 강에 빠진 바에야 차라리 에트나 화산 속으로 내던져지겠소. 그녀 남편이 오늘 아침 새 사냥을 떠난답니다. 그녀한테 또 한 차례 만나자는 전갈이 내게 왔었소. 여덟 시에서 아홉 시 사이가 그 시간이오, 미스터 브루크.

포드 벌써 여덟 시가 지났습니다, 경.

폴스타프 그래요? 그럼 약속 장소로 나가 봐야겠군. 편한 시간에 내게 들르시오, 내 당신한테 경과를 알려 드릴 테니까, 그리고 결론의 백미는 당신이 그녀를 즐기는 거겠지. 안녕. 당신은 그녀를 차지할 거요, 미스터 브루크. 미스터 브루크, 당신은 포드를 오쟁이 진 남편으로 만들게 될 거요. (퇴장)

포드 흠! 하! 이게 망상이라고? 이게 꿈이야? 내가 잠을 자나! 미스터 포드, 깨어나라! 깨어나, 미스터 포드! 가장 좋은 옷에 구멍이 났구나, 미스터 포드. 결혼이란 게 이렇다니까! 아마포와 빨래 광주리란 게 이렇지! 좋다, 내가 본때를 보여 주지. 그 호색한을 잡겠어. 그가 내 집에 있다. 그는 나를 피할 수 없어, 그건 불가능하지. 동전 지갑 속으로 기어들 수도 없고, 후추통 안으로 기어들 수도 없다. 하지만 그를 이끄는 악마가 도울지 모르니까, 내가 온갖 불가능한 구석까지 샅샅이 뒤져 볼 거다. 내 천성이야 어쩔 수 없지만, 원치 않는 게 된다고 해서 기죽을 거 뭐 있나. 오쟁이 뿔이 날 미치게 하겠지만, 옛말 그대로, 그 뿔로 미친 듯 받아 버릴 일.

모두 퇴장

제4막

우리가 한 일을 보면 알게 되겠지,

아낙네들은 유쾌하지만, 정숙하기도 하다는 거.

툭하면 들까불고 깔깔대지만 못된 짓은 안 한다는 거.

4막 1장

집 밖

페이지 부인, 그녀의 아들 윌리엄, 미시즈 퀴클리 등장

페이지 부인 그자가 포드 부인 집에 이미 와 있을까요?

미시즈 퀴클리 지금이면 분명 와 있겠죠, 아니면 곧 오거나. 하지만 그는 강물에 던져진 거에 대해 정말 광분해 있더라구요. 포드 부인께서 당신이 즉시 와 주셨으면 하셨어요.

페이지 부인 곧바로 그녀한테 가지요. 여기 우리 아들 학교만 보내 주고요.

(휴 에번스 경 등장)

그 애 선생님 오시네. 노는 날인가 봐요.—안녕하세요, 휴 선생님, 오늘 학교 안 하나요?

에번스 안 해요. 미스터 슬렌더가 학생들 놀라 했어요.

미시즈 퀴클리 마음씨도 좋으셔라!

페이지 부인 휴 선생님, 남편 말이 우리 애 라틴어 실력이 도통 늘지를 않는다네요. 우리 아이 문법 실력 테스트 좀 해 주시겠어요?

에번스 이리 와 봐라, 윌리엄. 고개 들어. 어서.

페이지 부인 그래, 얘야. 고개를 들어. 선생 말씀에 대답해 봐, 겁

먹을 건 없어.

에번스 윌리엄, 명사 수가 몇 개지?

윌리엄 두 개요.

미시즈 퀴클리 저런, 난 또 한 수가 더 있는 줄 알았네, 빌어먹을 순지 홀순지 하는 거.

에번스 쓸데없는 소리!—'아름답다'가 라틴어로 뭐지, 윌리엄?

윌리엄 '풀케르'요.

미시즈 퀴클리 폴캣츠, 그 냄새 고약한 긴털족제비? 족제비보다 아름다운 게 얼마나 많은데.

에번스 당신 엄청 멍청한 여자네. 입 좀 닥치라니까.—라틴어 '라피스'가 무슨 뜻이지, 윌리엄?

윌리엄 돌이요.

에번스 그럼 '돌'이 뭐지, 윌리엄?

윌리엄 자갈이요.

에번스 아니지, 돌은 '라피스'지. 잘 외워 두거라.

윌리엄 '라피스.'

에번스 윌리엄이 아주 착하구나. 누구지, 윌리엄, 관사를 빌려 주는 자가?

윌리엄 관사는 대명사에서 빌려 와요, 그리고 이렇게 어형이 변하죠. 싱귤라리테르 노미나티보, 단수 주격: '히크, 헤크, 호크.'

에번스 주격: '히그, 헤그, 호그.' 또 하나, 소유격: '후이우스.' 그렇고, 목적격은?

윌리엄 목적격: '히네.'

에번스 잘 외워 둬, 얘야. 목적격: '힝, 행, 호그.'

미시즈 퀴클리 '행-호그', 목매단 돼지가 라틴어 베이컨이군요, 그것 참.

에번스 시끄럽다니까, 그 여자!—포카티브, 호격은, 윌리엄?

윌리엄 음—호격은, 음—.

에번스 외워 둬, 윌리엄, 포카티브는 카레트다.

미시즈 퀴클리 캐럿, 좋은 물건이죠.

에번스 그 여자 참, 그만.

페이지 부인 〔미시즈 퀴클리에게〕 가만 계세요.

에번스 소유격 복수는 뭐지, 윌리엄?

윌리엄 소유격요?

에번스 그래.

윌리엄 소유격: '호룸, 하룸, 호룸.'

미시즈 퀴클리 호럼, 매음, 망할 소유 년 같으니! 에 퉤퉤! 그런 년 이름 입에 담으면 안 된다, 얘야.

에번스 제발, 그 여자 참!

미시즈 퀴클리 애한테 그런 단어 가르치면 안 되죠. 힉하고 헥하는 거, 술 처먹고 딸꾹질하는 걸 가르치다니, 그런 건 크면서 저절로 알게 되는 거고, 게다가 '매음'이라니. 에이, 여보슈!

에번스 그 여자 참, 당신 미쳤소? 격이니, 여성 남성, 단수 복수도 모른단 말요, 당신, 이런 멍청한 기독교 피조물 보았나.

페이지 부인 〔미시즈 퀴클리에게〕 제발, 잠자코 있어요.

에번스 이제 말해 봐라, 윌리엄, 몇 가지 대명사 격변화를.

윌리엄 그건, 까먹었는데요.

에번스 '쿠이, 쿠에, 쿠오드.' '쿠이', '쿠에', 그리고 '쿠오드'를 네가 까먹으면, 볼기를 깔밖에. 가서 놀거라, 가 봐.

페이지 부인 애가 생각보다 잘하네요.

에번스 기억력이 근사하네요. 그럼 이만, 페이지 부인.

페이지 부인 안녕히 가세요, 훌륭하신 휴 경.

〔에번스 퇴장〕

넌 집에 가야지, 얘야.

〔윌리엄 퇴장〕

〔미시즈 퀴클리에게〕 갑시다, 너무 지체했네.

모두 퇴장

4막 2장

포드의 집

존 폴스타프 경과 포드 부인 등장

폴스타프 포드 부인, 부인의 슬픔이 제 고통을 말끔히 청소해 주어요. 부인의 사랑이 헌신적이라는 것을 알겠어요, 그리고 천명컨대 제가 그 사랑을 머리카락 하나 어김없이 되갚아 드릴 겁니다. 그것은, 부인, 단순한 사랑의 복무에서뿐만 아니라, 그 차림새, 예절, 그리고 격식에서도 그럴 것이에요. 그런데 부인 남편은 이제 안심해도 되는 건가요?

포드 부인 새 사냥 나갔습니다, 상냥하신 존 경.

페이지 부인 〔안에서〕 이봐요, 내 벗 포드 부인, 이보시오!

포드 부인 방으로 들어가세요, 존 경.

폴스타프가 방 안으로 들어간다.
페이지 부인 등장

페이지 부인 별일 없어요, 포드 부인? 집에 자기 말고 딴 사람 있어요?

포드 부인 아니, 하인들뿐인데.

페이지 부인 정말요?

포드 부인 그럼은요. (그녀에게 방백) 목소리를 높여요.

페이지 부인 참으로, 여기 아무도 없다니 정말 다행이네요.

포드 부인 왜요?

페이지 부인 왜라뇨, 부인, 댁네 남편이 또 시작이에요. 그가 저쪽에서 우리 남편한테 마구 광분하고, 온갖 결혼한 사람들을 마구 욕하고, 기질에 상관없이 온갖 이브의 딸들을 마구 저주하고, '솟아라, 솟아라, 뿔아!' 울부짖으며 자기 이마를 마구 때리고, 어찌나 그러는지 이제껏 구경한 광기는 오히려 그가 지금 터트리는 분통에 대한 길들여짐이고, 공손함이고, 인내인 것처럼 보일 정도라구요. 그 살찐 기사분이 여기 없다니 다행이네요.

포드 부인 왜요, 우리 남편이 그분 얘기를 하던가요?

페이지 부인 그분 얘기만 해요. 그리고 아주 맹세를 해요, 저번에 그분을 수색했을 때, 광주리에 실려 간 게 분명하다고, 그리고 우기는 거예요, 제 남편한테, 그분이 지금 여기 있다고, 새 사냥을 그만두고 자기 자신과 나머지 패거리들을 동원, 또 한 번 의심을 해 보겠다고 난리예요. 하지만 그 기사분이 여기 없다니 다행이네. 이제 자신이 얼마나 어리석은지 알게 되겠군요.

포드 부인 우리 남편이 얼마나 가까이 왔어요, 페이지 부인?

페이지 부인 거리 끝에 막 도착할 참이에요. 곧 들이닥칠 거예요.

포드 부인 전 끝장이에요, 그 기사분이 여기 계셔요.

페이지 부인 아니 이럴 수가, 정말 수치스럽군요, 그리고 그분은 죽은 목숨이고요. 무슨 이런 여자가 있나! 그를 치워요, 빨리 치워! 살인보다는 수치가 낫지.

포드 부인 그분을 어디로 모셔야죠? 어디가 좋을까요? 광주리에 다시 넣을까요?

폴스타프가 방에서 나온다.

폴스타프 싫소, 광주리에는 더 이상 안 들어가오. 그가 오기 전에 나갈 수 없을까요?

페이지 부인 안 되죠, 미스터 포드의 동생 세 명이 권총을 들고 문을 지키고 있어요, 아무도 빠져나갈 수 없게. 그렇지 않으면 그가 오기 전에 빠져나갈 수 있을 텐데. 근데 여기서 뭐 하시는 거죠?

폴스타프 내가 뭘 하겠소? 굴뚝으로 기어들어야겠다.

포드 부인 거긴 그들이 툭하면 엽총을 쏘아 대곤 하는 덴데요.

페이지 부인 가마 속으로 기어들어 가요.

폴스타프 어디 있소?

포드 부인 남편이 거기를 뒤질 거예요, 분명. 찬장도, 상자도, 서랍도, 가방도, 우물도, 지붕도, 그가 기록해 둔 목록을 일일이 대조하면서 모조리 뒤질 거예요. 집 안에는 기사분 숨을 곳이 전혀 없어요.

폴스타프 내가 나가는 수밖에, 그렇다면.

페이지 부인 당신이 당신 자신의 모습으로 나가면, 죽음이에요, 존 경—변장을 하기 전에는.

포드 부인 어떻게 변장을 시키죠?

페이지 부인 글쎄요, 길이 없네요. 저 덩치에 맞는 여자 가운이 있을 리 없죠, 그러고도 모자에, 머플러, 그리고 수건을 둘러야, 도망칠 수 있을 텐데.

폴스타프 착한 분들, 묘안을 짜 봐요. 맞아 죽는 것보다야 꼴이 좀 흉하더라도.

포드 부인 우리 하녀의 이모, 브렌포드의 뚱보 할머니 가운이 위층에 있는데.

페이지 부인 됐어요, 그거면 될 거야, 그분 몸집이 기사분만 하니까, 그리고 그녀의 챙모자, 그리고 그녀의 머플러도 있죠.— 이층으로 뛰어요, 존 경.

포드 부인 가세요, 어서, 상냥하신 존 경. 페이지 부인과 저는 머리를 가릴 아마포를 찾아볼게요.

페이지 부인 빨리, 빨리요! 곧 갖고 올라갈게요! 그동안 가운을 걸치세요.

폴스타프 퇴장

포드 부인 저런 꼴로 있는 걸 우리 남편이 보면 좋겠네. 브렌포드의 노파만 보면 그는 참지를 못하거든요. 마녀라고 욕을 해대고, 집에 못 들어오게 하고, 전에는 두들겨 패겠다 협박한 적도 있지요.

페이지 부인 하나님이 인도하사 그가 당신 남편 몽둥이찜질을 당하고, 그 후에는 악마가 자기 몽둥이를 휘두르면 딱이겠어요!

포드 부인 정말 우리 남편이 오고 있어요?

페이지 부인 네, 꽤나 심각하셔요, 그리고 광주리 얘기도 알고, 어떻게 알게 되었는지 도무지 알 수가 없어요.

포드 부인 한번 알아보지요, 하인들을 시켜 다시 광주리를 나르게 하고, 저번처럼 문에서 그와 마주치게 해 보는 거예요.

페이지 부인 안 돼요, 그가 곧 이리로 온다니까요. 브렌포드의 마녀처럼 그를 분장시키는 수밖에 없어요.

포드 부인 우선 하인들한테 광주리 얘기를 해 주고요. 올라가세요, 제가 아마포를 갖고 곧장 뒤따를게요.

페이지 부인 목매달아 죽일 놈, 음탕한 기사 자식 같으니라구! 아예 작살을 내야 해.

〔포드 부인 퇴장〕

우리가 한 일을 보면 알게 되겠지,
아낙네들은 유쾌하지만, 정숙하기도 하다는 거.
툭하면 들까불고 깔깔대지만 못된 짓은 안 한다는 거.
옛 말 틀린 거 없지. '먹은 돼지는 꿀꿀대지 않는다.' 〔퇴장〕

존 및 로버트와 함께 포드 부인 등장

포드 부인 자, 이보게들, 광주리를 다시 어깨에 메.
쥔어른이 문으로 들이닥칠 거야. 그가 내려놓으라 하면, 그대로 해요. 빨리, 가라구!

존 자, 자, 드세나.

로버트 기사가 또 들어 있으면 낭팬데.

존 그럼 골치 아프지, 그는 자기 덩치만큼의 납덩이보다 더 무거웠으니까.

하인들이 광주리를 들어 올린다.
포드, 페이지, 카이어스, 에번스, 그리고 치안 판사 셸로우 등장

포드 그래요, 하지만 사실이란 게 판명되면, 미스터 페이지, 그땐 당신이 내게 퍼부어 댄 조롱을 어떻게 하시려오? 〔존과 로버트

에게) 그 광주리 내려놓아라, 이놈들.

(존과 로버트가 광주리를 내려놓는다)

누가 내 마누라 좀 불러와. 광주리 속에 네놈이렷다! 오, 이런 뚜쟁이 놈들! 아예 한 떼거리, 패거리, 꾸러미로 뭉쳐 내게 음모를 꾸미다니. 이제 진실이 밝혀지면 악마가 쪽 팔릴 거다.—아니, 마누라 불러오라니까! 어서, 빨리 데려와! 어떤 순결한 옷가지를 또 표백한다는 건지 보자구.

페이지 아니, 이건 지나쳐요, 미스터 포드. 더 이상은 안 돼요, 이 양반 좀 말려요.

에번스 이런, 이건 미친 짓이야, 미친개만큼이나 미쳤어요.

셸로우 그래요, 미스터 포드, 이런 건 좋지 않아, 정말.

포드 내 말이 그 말이오, 선생.

(포드 부인 등장)

이리 와 보시오, 포드 부인! 포드 부인, 정숙한 여인, 얌전한 아내, 고결한 피조물이, 질투쟁이 바보를 남편으로 두고 계시다! 내가 이유 없이 의심하는 건가, 마누라, 그런가?

포드 부인 하나님께 맹세코 그래요, 내 정절을 의심하다니.

포드 말 잘했다, 뻔뻔스럽기는, 들고 있어.

(광주리를 열고 옷가지를 끄집어내기 시작한다)

나오란 말야, 이놈!

페이지 지나쳐요.

포드 부인 (포드에게) 부끄럽지도 않아요? 옷가지가 뭐 어쨌다고.

포드 곧 밝혀지겠지.

에번스 이건 말도 안 돼요, 당신 아내 옷가지는 왜 들쳐요? 가, 가져가라니까.

포드 〔존과 로버트에게〕 광주리를 비우렷다.

페이지 왜, 이보쇼, 왜요?

포드 미스터 페이지, 사내로서 말하건대, 어제 한 놈이 내 집에서 빠져나갔소, 이 광주리에 실려. 또다시 이 안에 들어 있지 말란 법 없잖소? 분명 그자가 내 집에 있어요. 내 정보는 확실해, 내 질투는 말이 되고. 〔존과 로버트에게〕 그 아마포 전부 다 꺼내.

포드가 옷가지를 꺼낸다.

포드 부인 당신이 거기서 사내를 찾아내면, 벼룩의 사망이 따로 없겠군요.

페이지 아무도 없네.

셸로우 내 신념을 걸고 말하지만, 이건 좋지 않아요, 미스터 포드. 스스로 치욕을 뒤집어쓰는 거라구.

에번스 미스터 포드, 기도를 해야 해, 당신 자신의 마음의 상상을 좇으면 안 돼. 이것이 질투란 거요.

포드 어쨌건, 여기엔 내가 찾는 놈이 없네.

페이지 없지, 당신 머릿속 말고는 아무 데도 없소.

포드 내 집안 수색을 이번 한 번만 더 도와주시오. 내가 찾는 걸 찾지 못할 경우, 나를 아무리 지나치게 대해도 좋소, 내내 밥상 웃음거리로 만들어도 좋아요, 사람들이 이렇게 수군대도 뭐라 안하겠소, '포드만큼이나 질투에 사로잡힌 놈이군, 그자는 자기 마누라 샛서방 찾는다고 텅 빈 호두 껍질 속까지 뒤졌다잖나'. 이렇게 말이요. 한 번만 더 내 원을 풀어 주시오, 한 번 더 나와 함께 집을 뒤져 봐 주시오.

존과 로버트가 광주리를 들고 퇴장

포드 부인 이보세요, 페이지 부인! 그 노파 데리고 내려오세요. 우리 남편이 그 방에 볼일이 있다니까요.

포드 노파? 웬 노파?

포드 부인 왜 그, 우리 집 하녀 이모 있잖아요, 브렌포드의.

포드 그 마녀가, 그 저질이, 그 할망구, 사기꾼 저질이 있다구! 내 집 안에 들이지 말라고 하지 않았소? 무슨 심부름 온 거지, 그렇지? 우린 순진하지, 점쟁이가 무슨 짓을 벌일지 알 수가 없어. 마법을 쓴다구, 주문을 걸지, 별자리로 얼을 빼고, 이런 따위 수작을 부리니, 우린 알 도리가 없지. 아무것도 모르는 거야—이봐, 이 마녀 할망구, 너! 내려오라니까!

페이지 부인, 그리고 노파로 변장한 폴스타프 등장
포드가 그들에게 달려간다.

포드 부인 안 돼요, 여보!—착하신 신사분들, 저 할머니 못 때리게 남편 좀 말려 주세요.

페이지 부인 〔폴스타프에게〕 오세요, 뚱보 할멈. 여기요, 내 손을 잡아요.

포드 이 할망구, 내가 패 버리겠어!

〔포드가 폴스타프를 마구 때린다〕

내 집에서 나가, 이 마녀, 걸레 같은 게, 이 짐 가방 같은, 이 긴털족제비, 이 쭈구렁탱이, 가! 나가, 나가! 이게 내 주문이다, 이게 내 점술이야!

폴스타프 퇴장

페이지 부인 당신 창피하지도 않아요? 그냥 두면 그 불쌍한 할멈을 죽이겠어요.

포드 부인 그러고도 남죠.—보기에 썩 좋군요, 당신!

포드 목매달아 죽일, 마녀 년!

에번스 예수 이름으로, 그 여자 정말 마녀 같아요. 여자가 수염 기르는 거 나 싫어. 머플러 밑으로 수염 보이더라구요.

포드 따라와 주실래요, 신사분들? 부디, 따라와 주세요. 내 질투의 결과물만 봐 주시면 돼요. 아무 흔적도 없는데 내가 왕왕 짖어 대는 거라면, 다음부터는 내 말 개소리라고 안 믿으셔도 괜찮습니다.

페이지 그의 유머를 조금 더 받아 줍시다. 갑시다, 신사분들.

사내들 퇴장

페이지 부인 참으로, 그자를 불쌍할 정도로 패댔네요.

포드 부인 그게 아니죠, 맹세코, 그는 불쌍한 거 몰라요—무자비하게 팬 거죠.

페이지 부인 그 몽둥이에 축성드려서 교회 제단 위에 걸어 놓으면 좋겠네. 성인이 따로 없잖아요.

포드 부인 어떻게 생각해요—우리가, 여성의 보증과 양심의 증언을 거스르지 않는 한에서, 그자를 좀 더 골탕 먹여 줄까요?

페이지 부인 바람기는 분명 질겁하고 빠져나갔을 텐데. 악마가 그자를 영주로 봉하고, 토지세며 간척지 배당이며 받게 해 준다면 또 몰라도, 그는 결코, 내 생각에, 다시는 우리한테 허튼 수작 안 할걸요.

포드 부인 우리가 그를 어떻게 골렸는지 남편들한테 얘기해 줘야겠죠?

페이지 부인 그럼요, 말해 주다마다, 당신 남편 두뇌에서 그 망상들을 긁어내기 위해서라도요. 우리 남편들이 그 처랑하고, 부도덕하고, 디룩디룩한 기사 놈을 좀 더 골려 주고 싶은 마음이라면, 우리가 또 주재를 해 보든지요.

포드 부인 장담컨대 우리 남편들은 그자를 공개적으로 창피 주고 싶어 할 거예요, 그리고 제 생각에 이 장난에 방점을 찍으려면 공개적 망신이 제격이고요.

페이지 부인 갑시다, 그 생각을 풀무질하고, 거푸집에 넣자구요. 식기 전에 말예요.

모두 퇴장

4막 3장

가터 여관

여관 주인과 바아돌프 등장

바아돌프 주인님, 독일인들이 말 세 필을 빌렸으면 한다는데요. 공작이 내일 직접 궁에 오는데, 그를 만나러 가야 한다고요.

여관 주인 무슨 공작이 그리 소문도 없이 온다는 게야? 궁에서 그런 얘기 못 들었는데. 그분들 내게 보내게. 영어는 하나?

바아돌프 네, 주인님. 불러오겠습니다.

여관 주인 말은 빌려 주지, 하지만 돈을 제대로 받아야지, 엄청 씌우는 거야. 방을 일주일 전부터 맡아 두는 법이 어딨나, 다른 손님들을 받을 수도 없게 말이야. 값을 치러야지, 내가 옴팡 씌우겠어. 가자.

모두 퇴장

4막 4장

포드의 집

미스터 페이지, 미스터 포드, 페이지 부인, 포드 부인, 그리고 휴 에번스 경 등장

에번스 이런 현명한 여자분은 보다 보다 처음 봅니다.

페이지 그자가 두 사람 모두에게 이 편지를 동시에 보냈단 말요?

페이지 부인 15분 차이도 안 날걸요.

포드 용서하시오, 부인. 앞으로는 당신 원하는 대로 해요.

차라리 태양이 차가운 거 아닐까 의심할망정

당신이 부정하다는 생각은 하지 않겠소. 이제 당신의 명예는 확고하오,

최근까지 믿지 않았던 그 사람 안에서 말이오,

신앙처럼 확고하오.

페이지 좋아요, 됐어요, 그만하시죠.

잘못이 그랬다고

사과까지 오버할 필요는 없죠.

하지만 그 계획은 괜찮은데요. 우리 아내들이

다시 한 번, 공개적으로 웃음거리를 만들기 위해,

그 늙은 뚱보 놈과 약속을 하고,

그 현장을 우리가 덮쳐 개망신을 시키자는 거.

포드 아내들이 말한 그 방법이 제일 좋아요.

페이지 두 여자가 한밤중에 공원에서 만나고 싶다는 말을 그에게 전한다? 에이, 안 돼요, 그가 올 리 없지.

에번스 그가 강물에 내던져졌고, 또 노파로 변장했다가 엄청 두들겨 맞았다면서요. 내 생각에 그는 겁에 질렸어, 오지 않을 거요. 내 생각에 그의 육체가 벌을 받았어, 욕망이 없을 거야.

페이지 내 생각도 그래요.

포드 부인 그가 오면 어떻게 골탕을 먹일 건지나 궁리하세요,
그자를 거기로 꼬여 낼 방법은 우리가 궁리할 테니.

페이지 부인 전해 내려오는, 사냥꾼 허언 이야기가 있지요,
한때 여기 윈저 숲 숲지기였다는데,
겨울 내내 고요한 한밤중에
커다란 뾰족 뿔 달고 떡갈나무 둘레를 돈다는 거예요.
그리고 그렇게 나무를 시들게 하고, 가축을 홀리고,
젖소를 짜면 피가 나오게 하고, 사슬을 흔들어 댄다는 거죠,
아주 무시무시하고 끔찍하게.
이 유령 얘기 들은 적 있을 거예요, 그리고 잘 아시다시피
미신 좋아하는 덜 떨어진 옛사람들이
받아들였고, 우리 세대한테까지 전했죠,
그 사냥꾼 허언 얘기를 정말인 것처럼요.

페이지 맞아, 아직도 많은 사람들이 무서워서
깊은 밤 이 허언의 떡갈나무 옆을 안 걷지.
근데 그게 어쨌다고?

포드 부인 잘 들으세요, 이게 우리 계략이에요.
폴스타프가 그 떡갈나무에서 우리를 만나는 거죠,

허언처럼 변장하고, 머리에 엄청 큰 뿔을 달고 말예요.

페이지 그래, 그가 꼭 온다고 칩시다,

그가 그런 차림이라 치고. 그를 그리로 오게 한 후

그를 어쩌겠다는 거지? 당신들 계획은 뭐요?

페이지 부인 이미 짜 놓았죠, 이런 거예요.

우리 딸 낸 페이지, 그리고 우리 어린 아들,

그리고 몸집이 비슷한 아이 서너 명한테

녹색, 흰색 옷을 입혀 도깨비로, 개구쟁이 꼬마 요정으로 꾸미는 거예요,

머리에 촛불 관을 씌우고,

손에는 딸깍이를 쥐어 주고 말예요. 갑자기,

폴스타프와 포드 부인, 그리고 내가 만날 즈음,

그 애들이 벌채 구덩이에 숨어 있다가 한꺼번에 뛰쳐나오죠,

시끄러운 노래를 부르며. 그 광경에

우리 둘은 깜짝 놀라 달아나고요.

그런 다음 그들이 그를 둘러싸요,

그리고, 요정이니까, 그 더러운 기사 놈을 꼬집어 대죠,

그리고 그에게 묻죠, 왜, 요정들이 축제를 벌이는 그 시간에,

그 신성한 길을 돌아다니느냐,

그런 속세의 몰골로, 그렇게 말예요.

포드 부인 그리고 그가 사실대로 말할 때까지,

그 상상의 요정들이 그를 실컷 꼬집고,

촛불로 지지고 그러는 거죠.

페이지 부인 그자가 사실을 털어놓으면,
우리 모두 정체를 드러내고, 그 유령 놈을 작살내고,
놀려 대며 윈저로 몰아오고요.

포드 아이들 연습을 확실히 시켜야겠군, 안 그러면 일이 틀어지고 말거야.

에번스 아이들 행동을 내가 가르치겠어, 그리고 나도 악령 노릇을 하겠어, 기사 놈을 촛불로 지져 줘야지.

포드 그거 좋군요. 내가 가서 가면을 사 오리다.

페이지 부인 우리 딸 낸이 요정 여왕 역할이에요, 흰옷을 근사하게 입혀야지.

페이지 비단은 내가 사오리다— (방백) 그리고 그 복장을 보고
미스터 슬렌더가 우리 딸 낸을 데려가게 하는 거야,
이튼에서 결혼식을 올리면 되고 말야. (페이지 부인에게) 바로 폴스타프에게 사람을 보내구려.

포드 아니, 내가 가죠, 브루크라는 이름으로.
그가 내게 자기 생각을 죄다 말해 줄 거요. 그는 확실히 올 거야.

페이지 부인 그 걱정은 마세요. (페이지, 포드, 그리고 에번스에게) 소도구 챙기러들 가세요,
요정용 의상도.

에번스 행동 개시하죠. 정말 재미난 일이야, 그리고 아주 정직한 나쁜 짓이고.

포드, 페이지, 에번스 퇴장

페이지 부인 가요, 포드 부인,

빨리 존 경에게 사람을 보내요, 그자 생각을 알아야 하니까.

〔포드 부인 퇴장〕

난 의사 선생한테 가야지. 그가 내 맘에 들어,

그 사람 말고는 없어, 낸 페이지의 짝이.

슬렌더라는 자는, 땅은 많지만, 멍청이거든,

그런 그를 내 남편이 제일 좋아한다네.

의사는 돈이 많지, 그리고 그의 친구들은

궁정에서 힘깨나 쓰고 말야. 그가, 오로지 그만이, 딸애를 차지할 수 있지,

더 훌륭한 사람 이만 명이 몰려와 그 애에게 청혼한다 해도 말이지.

퇴장

4막 5장

가터 여관

여관 주인과 심플 등장

여관 주인 뭐냐, 촌뜨기? 무슨 일야, 멍청이? 말해, 뱉어 봐, 논해 보셔. 간략하게, 짧게, 단박에.

심플 예, 주인장, 존 폴스타프 경을 뵈러 왔는데요, 미스터 슬렌더가 보냈습니다.

여관 주인 저게 그분 방이다, 그분 집이고, 그분 성이고, 그분 공식 침대이자 임시 침대지. 벽에 탕자 이야기가 그려져 있다, 신삥으로 말야. 가서 문을 두들기고 불러. 그분이 식인종처럼 너에게 말을 걸 테니까. 노크를 하라구.

심플 웬 노파가, 뚱뚱한 여자가, 그분 방으로 올라갔어요. 괜찮으시다면 기다리겠습니다, 주인장, 그녀가 내려올 때까지요. 전 그녀한테 말을 전하러 온 겁니다, 실은.

여관 주인 하, 뚱보 여자? 이러다 기사님 도둑맞겠네. 내가 불러 보지.—골목대장 기사님, 골목대장 존 경! 군인답게 허파로 말해 보시오! 거기 있어요? 나 여관 주인, 당신 친구가 당신을 부르는 거요.

폴스타프 〔안에서〕 무슨 일이오, 주인?

여관 주인 웬 보헤미아 타타르 인 같은 자가 그 뚱보 여자를 기다리고 있소. 그녀를 내려보내요, 골목대장, 내려보내라구요. 우리 여관방에서 그러면 안 되죠. 젠장, 밀회라니, 아서요!

폴스타프 등장

폴스타프 방금 전까지도, 주인 양반, 그 뚱보 노파가 나와 함께 있었소, 하지만 갔어.

심플 혹시, 나리, 그분이 브렌포드의 마법하는 여자 아니었나요?

폴스타프 맞아, 그 여자였다, 이 골빈 놈아. 그녀한테 뭐?

심플 제 주인이, 나리, 제 주인 슬렌더께서, 저를 보내셨어요, 그녀가 길을 건너는 걸 보셨거든요, 님이라는 자가, 나리, 주인님의 시곗줄을 슬쩍 했는데, 그자가 그걸 갖고 있는지 아닌지 물어보라고요.

폴스타프 내가 그 노파와 그 얘기를 했다.

심플 뭐라던가요, 나리?

폴스타프 뭐라긴, 미스터 슬렌더 시곗줄을 해 처먹은 바로 그자가 제대로 해 먹었다는 거지.

심플 그 여자 얘기를 직접 들어 보고 싶은데요. 물어보란 것이 또 있거든요, 제 주인께서.

폴스타프 뭔데? 말해 보게.

여관 주인 그래, 어서, 말해 봐.

심플 밝히면 안 되는데요, 나리.

여관 주인 숨기기만 해 봐라, 넌 죽음이다.

심플 그게요, 나리, 다름 아니라 앤 양에 관한 거죠, 제 주인 운명이 그녀를 차지하는 것이냐 아니냐 뭐 그런 거.

폴스타프 팔자지, 그게 그의 팔자야.

심플 뭐라고요, 나리?

폴스타프 그녀를 차지하든 못하든 그게 그의 팔자란 말이다. 그 여자가 내게 그러더라고 네 주인께 전해라.

심플 제가 그렇게 말씀드려도 괜찮을까요, 나리?

폴스타프 물론, 똥개 선생, 안 괜찮을 게 뭐 있나.

심플 고맙습니다, 나리. 이런 얘길 드리면 제 주인께서 기뻐하시겠네요. (퇴장)

여관 주인 당신 정말 유식하시군요, 유식하십니다, 존 경. 그 마법사 여자가 당신과 함께 있었나요?

폴스타프 그럼, 있었지, 주인 양반, 내 생전에 그렇게 많은 가르침을 받기는 처음이오. 돈 한 푼 내지 않고 말이오, 아니, 오히려 배우느라 흠씬 받았지.

진흙투성이로 바아돌프 등장

바아돌프 오 이를 어쩌나, 주인님, 사기예요, 완전 사기예요!

여관 주인 내 말은 어딨지? 차근차근 말해 봐라, 이놈.

바아돌프 사기꾼들과 함께 달아났어요. 이튼 지나자마자 그놈들이 날 뒤에서 밀어뜨렸죠, 그놈들 중 하나가, 저를 진흙탕에다요, 그리고 박차를 가해 사라졌어요, 세 명의 독일 악마처럼, 세 명의 파우스투스 박사처럼요.

여관 주인 그냥 공작을 만나러 간 걸 게다, 이놈. 달아났다고 하면 안 되지. 독일인들은 정직하다구.

에번스 등장

에번스 주인 양반 어딨소?

여관 주인 무슨 일이죠, 선생?

에번스 당신 손님들 잘 살피시오. 내 친구 하나가 읍으로 와서 말하는데 세 명의 독일인 사기꾼 일당이 리딩이며, 메이든헤드며, 콘브루크며, 여관 주인들한테 사기를 쳐서 말과 돈을 해 처먹었다는 거요. 내가 호의로 일러 드리는 거요, 조심하시라고. 당신은 똑똑하지, 그리고 놀려 먹고 조롱 삼을 거 왕창 있지, 그러니 당신이 사기당하는 거 안 맞아. 안녕히 계시오. (퇴장)

카이어스 박사 등장

카이어스 가터 주인 어딨소?

여관 주인 여기 있소, 의사 선생, 이렇게 당황스럽고 어리둥절하고 긴가민가할 수가 없네요.

카이어스 무슨 소린지 모르겠지만, 듣자니 당신이 독일 공작 위해 거창한 준비 했다던데. 진실로, 궁정에 공작이란 사람 온다는 소리 없어. 호의로 말해 주는 거야. 안녕. (퇴장)

여관 주인 (바이돌프에게) 고함을 질러, 쫓아가, 이놈, 가라구! (폴스타프에게) 도와주시오, 기사 양반. 난 망했소. (바이돌프에게) 뭐 하고 있어, 달려, 고함지르며 쫓아가라니까. 난 망했다.

여관 주인과 바이돌프 따로따로 퇴장

폴스타프 세상 전체가 사기당했으면 좋겠군, 난 사기당한 데다 두들겨 맞기까지 했으니. 내가 변장을 했다는 얘기, 그리고 내 변장이 빨랫감 취급당하고 몽둥이찜질당한 얘기를 궁정에서 들으면, 그들은 내 비계 덩어리를 녹여, 한 방울 한 방울, 내 몸으로 어부 장화에 처바를 게야. 장담컨대 그들이 근사한 재치를 구사, 필시 나를 말린 배처럼 풀 죽게 만들걸. 카드 판에서 속임수를 쓴 후로 되는 일이 없군. 그것 참, 숨이나 안 가쁘면, 회개 기도라도 하련만.

(미시즈 퀴클리 등장)

어라, 이게 웬일이셔?

미시즈 퀴클리 두 분이 보내셨지요, 정말.

폴스타프 한 년은 악마한테, 또 한 년은 악마 어미한테나 가 보라 그래! 내가 그년들 때문에 엄청 당했다구, 아무리 못된 난봉꾼 사내라 해도 견딜 수 없을 만치 말야.

미시즈 퀴클리 오 저런, 나리, 두 분은 당하지 않았다는 말씀이세요? 당했어요, 제가 보장하죠, 특히 그중 한 분은 엄청. 포드 부인, 그 착하신 분 말예요, 시커멓고 시퍼런 멍투성이죠, 흰 데를 찾아볼 수 없다니까요.

폴스타프 시커멓고 시퍼렇게 멍이 들었다? 난 온통 무지개 빛깔로 쥐어 터졌네, 그리고 브렌포드의 마녀라고 체포될 판이었지. 내가 기민하게 놀라운 기지를 발휘했기 망정이지, 노파 행세를 했기 망정이지, 하마터면 순경 놈한테 차꼬 채일 뻔했어, 잡범이나 차는 차꼬 말야, 마녀라고 말야.

미시즈 퀴클리 나리, 나리 방에 들어가 말씀을 드리게 해 주십시오. 어떻게 되는 건지 말씀드릴게요, 그리고, 장담컨대, 만족하실 겁니다. 여기 편지가 어느 정도 말해 줄 거예요. 아이고, 두 분 엮어 드리려는데 난리도 아니네요! 분명 두 분 중 한 분이 하나님 모시는 데 소홀했을 거예요, 그래서 안 되는 거라고요.

폴스타프 내 방으로 올라가세.

모두 퇴장

4막 6장

장면 계속

펜튼과 여관 주인 등장

여관 주인 미스터 펜튼, 말도 마슈. 내 마음이 무거워요. 다 집어 치우고 싶어요.

펜튼 그래도 제 말 좀 들어 주세요. 제 일을 도와주세요.
그러면, 신사답게, 제가 당신께 드리겠습니다,
금화 백 파운드에다 당신이 잃은 것을 합친 액수를요.

여관 주인 말해 보시오, 미스터 펜튼, 그러면 최소한 비밀은 지켜 드리겠소.

펜튼 여러 차례 제가 당신께 말씀드렸듯
저는 아름다운 앤 페이지에게 진정한 사랑을 품고 있어요,
그리고 그녀 쪽에서도 제 애정을 받아들였지요,
그녀 스스로 신랑감을 고를 수만 있다면
제 소원을 받아들이겠다는 거죠. 그녀한테서 편지를 받았는데
주인장 눈이 휘둥그레질 내용이에요,
아주 재미난 내용인데 제 문제와 너무 뒤섞여서
어느 한쪽을 드러내려면

양쪽을 다 보여 줄밖에 없어요. 뚱보 폴스타프가
광장한 일을 치르게 되는데요. 한판 웃어 보자는 생각인데
그 대강을 지금 말씀드리죠. 잘 들으세요, 착하신 우리 주인장.
오늘 밤 허언의 떡갈나무에서, 열두 시와 한 시 사이 딱 그 시간에,
내 사랑 낸이 요정 여왕 역을 맡아야 해요—

(편지를 보여 주며)

왜 그런가는 여기 쓰여 있어요—그런 차림으로,
다른 놀이들이 한창 벌어질 때,
그녀 아버지가 그녀한테 명했다더군요, 빠져나와
슬렌더와 함께 가라구요, 그리고 그와 이튼에서
곧바로 결혼식을 치르라고 말입니다. 그녀는 그러겠다고 했대요.
그런데, 주인장, 그녀 어머니는, 그 결혼에 계속 반대였고,
카이어스 박사 쪽을 단단히 밀었던 터라, 마련했답니다,
카이어스가 마찬가지로 그녀를 급히 데려가게끔요,
다들 다른 여흥에 정신을 팔고 있을 때 말이죠,
그리고 수석 목사관에서, 목사를 모시고,
바로 결혼하라는 얘기죠. 자기 어머니의 이런 계획에
그녀는, 드러내놓고 거스를 수는 없으니까, 마찬가지로
의사한테 약속을 했답니다. 그게, 이래요.
그녀 아버지는 그녀한테 하얀 옷을 입힐 참이죠,
그리고 그 복장으로 분간을 한 슬렌더가 기회를 보다가
그녀 손을 잡고 가자 하면,

그녀가 같이 간다는 계획. 그녀 어머니 생각은,
의사가 알아보기 더 좋으라고—
모두 가면을 하고 얼굴을 가리니까요—
우아하고 치렁치렁한 초록색 옷을 입히고,
머리에 리본 장식까지 늘어뜨려 출렁거리게 한다는 거예요.
그리고 의사가 절호의 기회를 엿보다
그녀 손을 꼬집으면, 그걸 신호로
그녀가 그와 함께 가기로 했다는.

여관 주인 그녀가 어느 쪽을 속이겠다는 거죠, 아버지 아니면 어머니?

펜튼 둘 답니다, 착하신 주인 선생, 나와 함께 가기 위해서죠.
그러니 부탁 말씀은, 선생이 목사님을 좀 모셔 와서
열두 시와 한 시 사이 교회에 계시게 해 달라는 거,
그리고, 합법적인 결혼의 이름으로,
우리 두 마음을 하나로 맺는 식을 치르게 해 달라는 겁니다.

여관 주인 좋소, 계획대로 잘해 보시오. 난 목사님한테 가겠소.
신부만 데려와요, 목사는 내가 알아서 할 테니까.

펜튼 그래 주신다면 그 은혜를 내내 잊지 않을 겁니다.
물론, 당장 사례도 하고요.

따로따로 퇴장

제5막

사랑은 하늘 자체가 그 정황을 만들어 가는 거죠,
땅이라면 돈으로 사겠지만, 배필은 운명에 따라 팔리는 겁니다.

5막 1장

가터 여관

폴스타프와 미시즈 퀴클리 등장

폴스타프 거참, 그만 수다 떨고, 가슈, 약속을 지킬 테니까. 이번 이 세 번째야, 행운이 삼세번에 오면 좋겠군. 꺼져, 가라구! 홀수에 신성한 힘이 있다고들 그러지, 탄생이든, 우연이든, 아니면 죽음이든. 꺼져!

미시즈 퀴클리 사슬은 제가 마련해 드리죠, 어떻게든 뿔 두 개도 갖다 드리고.

폴스타프 가라니까! 시간 없어. 머리 꼿꼿이 들고, 아무 일도 없는 척 걷는 거야.

〔미시즈 퀴클리 퇴장〕

〔브루크로 변장한 미스터 포드 등장〕

오셨네, 미스터 브루크? 미스터 브루크, 오늘 밤 일이 나거나 영영 끝장이거나 둘 중 하나요. 한밤중 윈저 공원 허언의 떡갈나무 근처에 계시오, 놀라운 걸 보게 될 테니까.

포드 어제 포드 부인한테 안 갔더랬습니까, 경, 약속을 했다고 제게 말하셨잖아요?

폴스타프 갔지요, 미스터 브루크, 보시다시피, 불쌍한 늙은이 행

색으로. 하지만 나올 때는 불쌍한 노파 행색이었소. 그 포드라는 놈, 그녀 남편 놈이 이번에도, 질투 한 번 기막히게 하는 악귀더라니까, 미스터 브루크, 멀쩡한 놈치고 그런 놈 처음 보았소. 글쎄 말요, 그놈이 여자 모습의 나를 개 패듯 패더라니까—남자 모습이라면야, 미스터 브루크, 난 번개 창 골리앗도 무섭지 않아, 왜냐면 인생이 욥의 베틀 북보다 빠르다는 걸 나도 알거든. 나 지금 급하오. 나를 따라오시오, 모두 얘기해 드리리다, 거위 털이나 뽑고, 학교 땡땡이나 치고, 팽이나 돌리던 개구쟁이 시절 이래 난 맞는다는 게 뭔지 최근까지 알지 못했던 사람이오. 나를 따라오시오. 이 포드란 놈 얼마나 이상한 꼴을 당하게 될지 얘기해 드리지, 오늘 밤 내가 그놈한테 복수할 거요, 그리고 그의 아내를 당신한테 넘기리다. 따라오시오. 희한한 일이 벌어질 거요, 미스터 브루크. 따라와요.

둘 다 퇴장

5막 2장

윈저 공원 입구

미스터 페이지, 치안 판사 셸로우, 그리고 미스터 슬렌더 등장

페이지 갑시다, 가자구, 요정들 빛이 보일 때까지 우리는 윈저 성 도랑에 숨어 있는 거요. 잊지 마시게, 사위 슬렌더, 내 딸을.

슬렌더 그럼은요. 그녀와 얘기를 했어요, 그리고 서로 알아볼 암구호를 정했죠. 제가 흰옷의 그녀한테 가서 '침'하면 그녀는 '묵'하고, 그렇게 우리가 서로를 알아보는 거죠.

셸로우 그것도 좋아. 하지만 뭐 하러 자네가 '침'하고 그녀가 '묵'하지? 하얀 옷만으로도 그녀를 충분히 파악할 수 있을 텐데. (페이지에게) 시계가 열 시를 쳤소.

페이지 밤이 어둡네, 불빛과 요정들한테 딱이에요. 놀이가 잘되어야 할 텐데! 그 악마 놈 말고는 누구도 해코지할 생각이 없어, 그리고 뿔로 그놈을 알아보면 돼. 갑시다. 따라들 오시오.

모두 퇴장

5막 3장

장면 계속

페이지 부인, 포드 부인, 그리고 카이어스 박사 등장

페이지 부인 의사 선생, 딸애는 녹색이에요. 기회를 보다가, 그 애 손을 잡고, 수석 목사관으로 가세요, 그리고 단숨에 해치우는 거예요. 먼저 공원으로 들어가세요. 우리 둘은 함께 가야 하니까.

카이어스 나 할 일 나 알아요. 안녕.

페이지 부인 잘하세요, 선생.

〔카이어스 퇴장〕

남편은 폴스타프 골려 먹은 게 즐거운 것보다는, 의사가 딸애와 결혼한 게 더 성나겠지. 하지만 별거 아니야. 크게 상심하는 것보다 욕 한 번 얻어먹는 게 낫지.

포드 부인 낸은 지금 어디 있어요, 요정 무리, 그리고 웨일스 악마 휴는요?

페이지 부인 모두 허언의 떡갈나무에 바싹 붙은 구덩이 속에 웅크려 있어요, 촛불들을 감추고 말예요, 그리고, 폴스타프와 우리가 만나는 바로 그 순간, 그들이 촛불들로 일시에 밤을 밝힐 거예요.

포드 부인 그러면 그는 기절초풍할밖에 없겠네요.

페이지 부인 기절초풍을 안 하더라도, 조롱을 당할 테죠. 기절초풍을 하면 조롱을 온통 뒤집어쓰겠고.

포드 부인 삼빡하게 골탕을 먹여야죠.

페이지 부인 이런 색골과 토색질은 골탕을 먹여도 누가 뭐랄 사람 없어요.

포드 부인 시간이 다 됐어요. 가요, 떡갈나무, 떡갈나무를 향해!

모두 퇴장

5막 4장

장면 계속

목신으로 변장한 에번스와 요정으로 변장한 윌리엄 페이지 및 다른 아이들 등장

에번스 걸어라, 걸어, 요정들아! 가자! 맡은 배역을 잊지 마. 겁먹지 마, 제발. 날 따라 구덩이로 들어와, 그리고 내가 암호를 말하면, 내가 시킨 대로 하는 거야. 가자, 가자, 걸어라, 걸어.

모두 퇴장

5막 5장

원저 공원

허언으로 변장한 존 폴스타프 등장. 머리에 뿔을 달고, 손에 사슬을 들었다.

폴스타프 윈저 종이 열두 시를 알렸어, 시간이 다 되었네. 이제 피가 뜨거운 신들이여, 나 좀 도와주소! 잊지 마시오, 주피터시여, 유로파를 꼬시려고 수소로 변했던 기억을, 사랑이 뿔을 돋게 한 것을. 오 강력한 사랑, 어떻게 보면 짐승을 사람으로 만드는, 달리 보면 사람을 짐승으로 만드는! 당신은 또한, 주피터시여, 백조도 했죠, 레다의 사랑을 얻기 위하여. 오 전지전능한 사랑! 신이 거위 얼굴에 그토록 가까이 다가가다니! 우선 짐승의 형태로 저질러진 실수—오 주피터시여, 짐승 같은 실수!—그런 다음 가금 모습으로 또 한 번 실수—생각을 해 봐요, 그 지저분한 실수! 신들이 정욕의 등을 가졌을진대, 하물며 불쌍한 인간은 어떻겠습니까? 나로 말하자면, 난 지금 윈저의 수사슴이오, 내 생각에는, 이 숲에서 가장 뚱뚱한 사슴. 시원한 짝짓기 계절을 제게 보내 주시오, 주피터시여, 아니면 제가 기름방울을 질질 싸고 헉헉 흘린단들 누가 저를 나무랄 수 있겠나요?

〔포드 부인, 그 뒤를 따라 페이지 부인 등장〕

누가 오지? 내 암사슴이다!

포드 부인 존 경, 거기 계신가요, 내 사랑, 나의 수사슴?

폴스타프 나의 검은 터럭 암사슴이여! 하늘이여, 감자 비를 내려라, '푸른 옷소매' 노래에 맞추어 천둥 쳐라, 쏟아져라, 입맞춤용 사탕 우박, 그리고 바다 호랑가시나무 뿌리 사탕이여, 온갖 미약들이여, 몰아쳐라, 최음의 폭풍이여. 난 이 안에 안식하리니.

폴스타프가 그녀를 껴안는다.

포드 부인 페이지 부인도 같이 왔어요, 내 사랑.

폴스타프 내 몸을 훔친 사슴처럼 둘로 나눠 가지시오, 엉덩이 하나씩. 난 옆구리만 있으면 돼, 어깨는 이 숲 숲지기한테 주고 말요, 그리고 내 뿔은 당신네 남편들한테 넘겨주지. 내가 사냥꾼이오, 어떻소? 내 말투가 사냥꾼 허언 비슷해요? 그래, 이제야 큐피드가 양심 있는 아새끼로 돌아왔군, 고생한 보람이 있어. 진정한 정령으로서, 환영하오!

안에서 시끄러운 소리

페이지 부인 어라, 무슨 소리지?

포드 부인 하나님 우리 죄를 용서하세요!

폴스타프 이게 뭐지?

포드 부인과 페이지 부인 달아나요, 어서!

포드 부인과 페이지 부인 뛰면서 퇴장

폴스타프 내가 저주받는 걸 악마가 싫어하는 모양이군, 내 몸의 비계가 지옥을 불바다로 만들까봐서 말야. 그렇지 않고서야 이렇게 훼방 놓을 수가 있나.

에반스, 요정으로 변장하고 촛불을 든 윌리엄 페이지 및 아이들, 요정 여왕으로 변장한 퀴클리 부인, 요정으로 변장한 앤 페이지, 그리고 도깨비로 변장한 또 한 사람 등장

미시즈 퀴클리 검은 요정, 잿빛 요정, 녹색 요정, 그리고 흰색 요정들아,

달빛의 축제꾼들, 그리고 밤의 정령들아,

정해진 운명을 물려받은 고아들아,

의무와 직분을 다하거라.—

포고 담당 도깨비, 요정들에게 알려라.

도깨비 꼬마 요정들아, 호명을 하겠다. 조용, 이, 공기처럼 하찮은 것들.

크리켓, 귀뚜라미 요정아, 너는 윈저 굴뚝마다 튀어 가거라.

불씨를 잘 간수하지 않고 화덕을 청소하지 않은 집 처녀들을

꼬집어 주어라, 월귤처럼 시퍼렇게.

우리의 찬란한 여왕님, 미워하신다, 단정치 못하고 지저분한 것.

폴스타프 〔방백〕 요정들이다. 말을 거는 자 죽는다는데.

눈을 감고 몸을 뉘어야지, 누구도 그들이 일하는 걸 보면 안 된다니까.

폴스타프가 몸을 눕히고 얼굴을 가린다.

에번스 비드, 염주 요정 어딨니? 가라, 너도, 그리고, 처녀가
자기 전에 기도를 세 번 하거든,
그녀 상상의 기관들을 자극해 주어라,
그녀가 걱정 없는 아기처럼 새근새근 자게 해 주어라.
하지만 잠들며 자기들의 죄를 생각지 않는 것들,
꼬집어 주어라, 팔과, 다리와, 등과, 어깨와, 옆구리, 그리고
정강이까지.

미시즈 퀴클리 일해라, 일해!
윈저 성을 뒤져라, 요정들아, 안팎을 모두.
행운을 뿌려 주어라, 요정들아, 성스러운 방마다,
심판의 날까지 무사하도록
주인에게 걸맞게, 그리고 주인이 걸맞게,
상태 건전하고 조건 적당하게.
가터 작위 기사의 여러 의자들은 특히 문질러 주어라,
온갖 소중한 꽃과 향료 즙으로.
각각의 아름다운 자리, 문장 달린 외투, 그리고 여러 가지
투구 장식 문장과
깃발 장식 문장에 언제나 축복을 내려라.
그리고 밤에 나오는, 풀밭 요정들아, 너희들은 노래해야지,
가터의 원에 맞추듯, 둥글게 늘어서서.
그 이미지는, 초록이어야지,
온갖 들판보다 더 풍요롭고 참신해야지.
그리고 쓰거라, 가터 작위 기사 좌우명 '악을 생각하는 자

치욕을 안을진저'

에메랄드 빛 덤불에, 자주, 파랑, 그리고 흰색 꽃들에,

영광의 기사 구부린 무릎 밑 조임쇠의

사파이어, 진주, 그리고 갖은 장식처럼—

요정들이 사용하는 글씨는 꽃이지.

가거라, 흩어져!—하지만 한 시가 될 때까지는

추던 대로 춤을 추는 거야, 허언의

떡갈나무 둘레를 돌며 추어야지.—

에번스 자, 손에 손을 잡아, 가지런히 정돈하고,

스무 마리 반딧불이가 우리 촛불이다,

나무 주변을 돌며 춤추는 우리를 밝혀 줄 거야.—

근데 잠깐, 필멸 인간의 냄새가 나네.

폴스타프 〔방백〕 하나님, 저 웨일스 요정한테서 저를 지켜 주소서,

저놈이 나를 치즈로 변형시켜 버릴 거예요!

도깨비 〔폴스타프에게〕 버러지 같은 놈, 태어나기를 사악하게 태어난 놈.

미시즈 퀴클리 〔요정들에게〕 시험 불로, 그의 손가락 끝을 지져 보거라.

정결한 자라면, 불꽃이 다시 가라앉을 것이다,

그리고 그는 아무 고통도 느끼지 않을 것이야. 하지만, 그가 쩔쩔매면,

마음이 썩은 자의 살이란 뜻이지.

도깨비 해 보거라, 어서!

에번스 보자, 이 나무에 불이 붙을까?

그들이 폴스타프를 촛불로 지진다.

폴스타프 오, 오, 오!

미시즈 퀴클리 썩었다, 썩었어, 그리고 정욕에 물들었어.

그자를 돌며, 요정들아, 조롱의 노래를 불러 주거라,

그리고, 빙빙 돌며, 박자에 맞추어 계속 그자를 꼬집어 주거라.

그들이 폴스타프 둘레를 돌면서 꼬집고 노래한다.

요정들 죄 많은 마음을 품었지!

욕정과 음탕을 발했지!

정욕은 피의 불일 뿐,

더러운 욕정이 켠 불일 뿐,

마음에서 생겨나 불꽃을 넘실댄다,

생각의 바람 맞으며 높이 더 높이.

꼬집어 주자, 요정들, 모두 함께.

꼬집어 주자, 그자, 못된 짓 했으니.

꼬집어라, 그리고 지져라, 그리고 돌림빵 놓아라,

촛불과 별빛과 달빛이 꺼질 때까지.

노래하는 동안, 한쪽으로 카이어스 박사가 와서 초록 옷 소년을 몰래 데려가고 슬렌더가 다른 쪽으로 등장해서 하얀 옷 소년을 데려가고 펜튼도 앤을 몰래 데려간다.

노래가 끝난 후 안에서 시끄러운 사냥 소리. 미시즈 퀴클리, 에번스, 도깨비, 그리고 요정들이 달아난다.

폴스타프가 몸을 일으키고 달아나려 할 때 미스터 페이지, 미스터 포드, 그리고 그들의 아내 등장.

페이지 안 되지, 도망치면. 당신, 딱 걸린 거 같은데.
사냥꾼 허언 말고는 당신 편이 없는 모양이군?

페이지 부인 이제, 장난 그만하세요.
자, 딱한 존 경, 윈저 아낙들 맛이 어때요?
(폴스타프의 뿔을 가리키며)
이거 보여요, 여보? 이 잘생긴 뿔은
읍내보다는 수풀에 더 잘 어울리죠?

포드 (폴스타프에게) 이보쇼, 선생, 이제 누가 오쟁이 진 남편이오? 미스터 브루크, 폴스타프는 악당이오, 오쟁이 진 악당. 여기 뿔이 있잖소, 미스터 브루크. 그리고, 미스터 브루크, 그가 포드 덕을 본 것은 그의 빨래 광주리, 그의 몽둥이, 그리고 돈 20파운드뿐인데 그건 미스터 브루크한테 돌려드려야겠지요. 그의 말을 담보로 잡아 두었다오, 미스터 브루크.

포드 부인 존 경, 우리가 운이 나빴어요. 우린 결코 짝 지을 수 없는 운명이었군요. 다신 귀하를 내 사랑으로 생각하지 않겠어요, 하지만 당신을 언제나 내 사슴으로 칠 수는 있지요.

폴스타프 아무래도 내가 바보 멍청이 당나귀가 된 것 같은데.

폴스타프가 뿔을 벗어 든다.

포드 그렇소, 아둔패기 황소도 됐고. 양쪽 다, 그 뿔이 엄청난 증거죠.

폴스타프 그리고 그것들도 요정이 아니었다구? 제기랄, 그런 생각이 서너 번 들기는 하더라만, 하지만 내 마음의 죄의식에, 내 마음이 갑자기 질겁해서 이 서툰 사기극을 그대로 믿어 버렸군—말이 되는지 노래가 되는지 따져 보지도 못하고 말야—감쪽같이 요정인 줄만 알았네. 나쁜 데 쓰면 내 머리도 사순절 바보 인형이구나!

에번스 존 폴스타프 경, 하나님을 영접하고 정욕을 버리시오, 그러면 요정들이 꼬집지 않을 거요.

포드 지당하신 말씀이오, 휴 요정.

에번스 그리고 당신도 질투 버려요, 부디.

포드 당신이 제대로 된 영어로 그녀를 꼬드기기 전까지는 결코 내 아내를 의심하지 않을 것이오.

폴스타프 내 뇌를 햇볕에 말려 버린 건가, 이렇게 엉성한 속임수를 눈치 챌 지능도 없다니? 내가 웨일스 염소 놈한테까지 당했단 말야? 그 거친 털로 만든 광대 모자라도 써야 할 판이군! 염소 젖 치즈 한 조각 구워 먹다 목이 메어도 할 말이 없게 됐어!

에번스 치즈와 퍼터 안 맞아, 당신 배 온통 퍼터야.

폴스타프 '치즈'와 '퍼터'? 내가 이런 모국어 잘근잘근 씹는 자한테 씹히려고 이 나이까지 살았나? 이러니 내 엽색 행각도 끝일밖에.

페이지 부인 어떻게, 존 경, 그런 생각을 하신 거죠, 설령 우리가 정조 관념을 우리 마음에서 꺼내 머리와 어깨 너머로 멀리 던져 버릴 마음이, 그리고 주저 없이 우리 몸을 지옥에 갖다 바칠 마음이 있었다 하더라도, 어떻게 그 악마가 우리를 당신 애완용으로 만들었을 거라고 생각할 수가 있는 거죠?

포드 말도 안 되지, 이런 소시지, 아마포 자루한테?

페이지 부인 퉁퉁 부은 뚱보한테?

페이지 늙고, 차고, 시든, 그리고 창자가 썩어 문드러진 자한테?

포드 게다가 사탄처럼 입이 더러운 자한테?

페이지 게다가 욥처럼 완전히 털린 자한테?

포드 게다가 욥의 아내처럼 사악한 자한테?

에번스 게다가 툭하면 계집질이고, 선술집 개기고, 셰리주, 포도주, 웨일스 향료 술 엄청 처마시고, 음주에다, 폭언, 시비, 고함에 쌈박질이 직업인 자를?

폴스타프 할 수 없지, 맘대로 놀리쇼, 기선을 제압당했으니. 항복해야지. 웨일스 산 속옷이 허튼소리를 한대도 할 말이 없소. 무식 자체가 날 가늠한단들. 처분대로 하시오.

포드 아무렴, 선생, 우린 당신을 윈저로 데려갈 거야, 미스터 브루크라는 사람한테 말이오, 당신이 그 사람 돈 해 먹었잖소, 그 사람한테 뚜쟁이 노릇 해 주겠다며 말요. 이제까지 당한 것도 그럴 텐데, 돈까지 물어 줘야 할 판이니 가슴이 무척 아프겠소.

페이지 하지만 기분 풀어요, 기사 양반. 오늘 밤 우리 집에서 따끈한 우유 술 한잔합시다, 그리고 그때는 선생이 지금 선생을 비웃고 있는 내 아내를 거꾸로 놀려 줄 수 있을 거요. 미스터 슬렌더가 그녀 딸과 결혼했다고 말해 주면서 말요.

페이지 부인 (방백) 두고 보라지! 앤 페이지가 내 딸 맞다면, 그 애는, 지금쯤, 카이어스 박사의 아내가 되어 있을걸.

미스터 슬렌더 등장

슬렌더 화, 호, 호, 장인어른!

페이지 내 사위, 어떻게 되었나? 어떻게 됐어, 사위? 해치웠나?

슬렌더 해치워요? 내가 글로스터의 높은 분들한테 알리고 말 거예요, 그렇지 않으면 내가, 정말, 목을 매고 죽던가.

페이지 뭘 알려, 사위?

슬렌더 내가 이튼까지 가서 앤 페이지 양과 결혼하려 했죠, 그런데 그녀가 키 큰 촌뜨기 사내아이더라구요. 교회만 아니었다면, 내가 그놈을 작살냈을 거예요, 아니면 그놈이 나를 작살내거나. 그가 앤 페이지였다고 생각하지 않았다면, 난 한 발짝도 움직일 생각이 없었다구요, 그놈은 우체국장 마구간 소년이었어요.

페이지 분명, 그렇다면, 자네가 잘못 짚었네.

슬렌더 내 애기가 그 애기 아닙니까. 내 생각이 그래요, 소년을 처녀로 알았으니. 내가 그놈과 결혼했더라도, 비록 그놈이 여자 옷차림이었지만, 그놈과 잘 마음이 없었겠죠.

페이지 아니, 이건 자네 자신의 실수라는 얘기다, 내 말은. 의상을 보고 내 딸을 알아보라고 내 얘기해 주지 않았나?

슬렌더 내가 하얀 옷의 그녀한테 가서 '침' 그랬고, 그녀가 '묵' 그랬다구요, 앤과 내가 약속한 대로. 하지만 그게 앤이 아니었단 말이에요, 우체국장 마부 소년이더라니까요.

페이지 부인 착한 조지, 화내지 말아요. 내가 당신 계획을 알아채고, 내 딸한테 녹색 옷을 입혔어요, 그리고 정말 그 애는 지금 의사 선생과 함께 수석 목사관에 있을 거예요, 그리고 거기서 결혼식을 올리는 거죠.

카이어스 박사 등장

카이어스 페이지 부인 어딨나? 맹세코, 나 속았다! 나 엉 갸르송, 소년과 결혼했어, 엉 페장, 농사꾼과, 맹세코. 사내아이! 앤 페이지가 아냐, 맹세코. 나 속았다구.

페이지 저런, 초록 의상을 데려갔소?

카이어스 그렇소, 맹세코, 그런데 그녀가 사내아이야. 맹세코, 내가 윈저를 발칵 뒤집어 놓겠다!

포드 이상하네. 누가 진짜 앤을 챙겼지?

미스터 펜튼과 앤 등장

페이지 걱정 되네요. 미스터 펜튼이 오는군.—

안녕하시오, 미스터 펜튼?

앤 용서하세요, 착하신 우리 아빠. 착하신 우리 엄마, 용서하세요.

페이지 그래, 얘야, 어쩌다 미스터 슬렌더를 놓친 게냐?

페이지 부인 왜 의사 선생과 함께 가지 않았니, 얘야?

펜튼 따님을 그냥 두십시오. 제가 자초지종을 말씀드리죠.

두 분께서 따님한테 원하셨던 결혼은, 정말 수치스럽게도,

상호 사랑이 이뤄지지 않은 결혼이었습니다.

사실 따님과 저는, 오래전에 결혼을 약속했습니다,

그리고 이제 아무도 우리를 갈라놓을 수 없을 만치 굳게 결합했습니다.

그녀가 저지른 잘못은 거룩한 것입니다,

그리고 이 속임수는 그 명분이 간계도,

불복종도, 의무 태만도 아닙니다,

왜냐면 그럼으로써 그녀는 피하고 물리칠 수 있었던 겁니다,

강제 결혼이 그녀한테 초래했을

불경하고 저주받은 수천 시간을 말입니다.

포드 〔페이지 부부에게〕 멍하니 서 있을 것 없어요. 돌이킬 수 없는 일인데.

사랑은 하늘 자체가 그 정황을 만들어 가는 거죠,

땅이라면 돈으로 사겠지만, 배필은 운명에 따라 팔리는 겁니다.

폴스타프 기분 썩 괜찮구먼, 선생이 날 겨냥해서 특별히 사냥 자세를 취했는데, 화살이 빗나갔으니 말이오.

페이지 그렇군, 어떻게 돌이켜? 펜튼, 하늘이 자네한테 기쁨을 선사하는군!

피해 갈 수 없으면 껴안아야지 어쩌겠나.

폴스타프 하릴없는 밤개들이 설쳤고, 별의별 사슴들이 다 쫓겼군.

페이지 부인 좋아요, 저도 그만 투덜대죠. 미스터 펜튼,

하늘이 자네한테 숱하고 숱한, 기쁜 날들 주시기를!

여보, 우리 모두 집으로 갑시다,

그리고 모닥불 가에서 오늘 재미났던 얘기하며 웃고 떠들자고요,

존 경도 가시고 모두 가세요.

포드 그러시구려, 존 경.

미스터 브루크한테는 선생이 약속을 지킨 셈이오,

그가 오늘 밤 포드 부인과 같이 잘 거거든.

모두 퇴장

역자 해설

셰익스피어 문학, 근대의 열림, 그리고 장르 '언어'의 이름

셰익스피어 작품이 보여 주는 '영어가 완성되는 과정'은, '근대가 열리는 과정'의 문학화이기도 하다. 제임스 왕 판의 규범적 영어는 갈수록 낡아 보이지만 '과정의 문학화'인 까닭에 셰익스피어 '문학'은 좀체 낡아 보이지 않는다. 그의 인식과 지식 수준은 근대 이전 봉건성에 적지 않게 물든 것이었으되 그의 문학은 과정 너머를, 관념이나 예감이 아닌 현재의 구체성 그 자체로 상상해 낸다. 그러므로 지금, 셰익스피어 문학은 셰익스피어 당대와 우리 사이 역사를 끊임없이 '구체적인 육체로서 예술화'한다. 기술과 복제의 현대로 접어들며 음악은 갈수록 우월한 생존전략을 과시하지만, 자신의 '역사=육체'를 자신의 언어에서 지우는 방식으로 갈수록 그러하다. 시와 소설은 음악을 닮지 않는 한 그럴 수 없으므로, 자신의 언어에서 '역사=육체'는커녕 시사도 지울 수 없으므로 홀로 힘만으로 살아남을 수 없는 위기에 봉착해 있다. 자신의 '육체=언어'를 자신의 언어에서 지워 내지 않고도 음악에 필적할 만한 생존전략을 구사하는 대표적인 사례로 우리는 셰익스피어를 들 수 있을 것이고, 그런 점에서 '셰익스피어'는 21세기 들어 가장 염두에 두어야 할 작가, 배우, 극단 CEO를 넘어

어떤 '장르'의, 혹은 장르 '언어'의 이름 중 하나라도 해도 과언이 아닐 것이다. 숱한 예술 작품들이, 걸작들까지 포함하여, 음악과 영화 속으로 포함되어, 사라지는 운명을 겪었지만, '셰익스피어 문학'은 가장 자주 포함되었으되, 사라지기는커녕, 포함하는 것을 재포함하거나 재생시키거나 '포함=틀' 자체를 파괴해 왔다. '포함'자를 연구 및 해석사로 바꾸어도 얘기는 크게 다르지 않다. 전문 연구가들과 창작자들을 제외하고는, 셰익스피어 작품 창작 년대 혹은 순서가 별로 중요하지 않을 만큼 셰익스피어보다 셰익스피어 이야기가 더 중요하게 된 것도 같은 맥락일 것이다.

《로미오와 줄리엣》은 봉건적인 미학이 번쩍이는 근대의 번개를 맞으며 일순 드러나는, '일순=드러남'의, 발 디뎌야 할 낭떠러지의, '사랑=죽음=미학'이다.

베로나의 최대 가문 몬테규가와 캐퓰렛가는 불공대천의 원수 사이다. 몬테규 영주의 잘생긴 아들 로미오는 평생 순결을 서약한 로잘린에게 당한 실연으로 몹시 우울한 상태인데 마지못해 친구들과 함께 가면무도회 복장을 하고 캐퓰렛가 잔치에 갔다가 캐퓰렛 영주의 아름다운 딸 줄리엣한테 첫눈에 반해 버리고, 잔치가 끝난 후 그녀 모습을 볼 수 있을까 하여 그녀 창 아래서 서성대다가 자신에 대한 줄리엣의 혼잣말 사랑고백을 엿듣게 되고, 그는 그녀와 사랑을 나누고 둘은 다음 날 비밀리에 결혼식을 올리기로 결심한다. 로미오가 감히 캐퓰렛가 잔치에 스며든 것을 눈치 챈 캐퓰렛의 외조카 티볼트가 로미오 친구들에게 시비를 걸어 결투 중 머큐쇼를 죽이고, 그 소식에 분개한 로미오가 다시 티볼트를 죽이고 추방되니, 줄리엣은 친척 오빠의 죽음이 슬프지만 로미오에 대한 사랑은 흔들리지 않는다. 둘이 로렌스 수사의 주례로 결혼한 사실을 모르는 캐퓰렛 영주가 줄리엣을 파리스 백작과 막무가내로 결혼시키려 하자 줄리엣은 로렌스 수사에게 다시 도움을 청하고, 수사는 한참 망설인 끝에, 먹으면 42시간 동안 죽은 듯 호흡이 정지했다가 감쪽같이 다시 살아나는 약을 권한다. 죽은 걸로 하고 묘지에 안치되어 있으면 연락을 받은 로미오가 와서 깨어난 너를 데려가게 하겠다…… 그러나 수사의 편지는 로미오에게 전달되지 못하고 경악의 장례식 소식을 접한 로미오는 독약을 사 들고 자살할 결심으로 줄리엣 무덤으로 잠입, 진심으로 문상 중이던 파리스를 결투로 죽인 후 자신도 독약을 마시고 죽는다. 이제 줄리엣이 깨어나지만 로미오가 자살한 것을 보고 남은 독약이 없자, 로미오의 단도를 뽑아 자신을 찌른다. 로렌스 수사가 허둥지둥 도착하지만 때는 늦었고 그에게 사건의 자초지종을 들은 두 가문은 비로소 화해한다.

로미오와 줄리엣은 사랑 못지않게 죽음에도 집착한다. 사랑도 결혼도 죽음도 더 이상 빠를 수가 없다. 사랑의 시간은 너무 빠르고 너무 빨라서 죽음 속 평면 같고(4막 4장 73행 파리스 대사는 '죽음 속 사랑인 것을'이다) 그 속에 사랑과 죽음이 삶보다 더

달콤하고 더 비극적이다. 여러 번 읽을수록 안타까움이 더 진하고 운명이 더 운명적이다, 급기야, 안타까움과 운명이 둘이 아니고, 아름다움의 동전 양면일 때까지. 이 아름다움은 자본주의를 맞는 '미래=시작'으로서 사랑과 젊음과 육체 절정의 순결한 섹슈얼리티의 현기증이다. (이에 비하면 후기 낭만주의의 '죽음=사랑의 완성'은 '과거=끝'이다.) 《로미오와 줄리엣》은 비극의 시작인 동시에 끝이고 그렇게 '죽음=사랑'이 중세적 공포를 벗고 전율의 아름다움을 입는다. 그리고 영원히 젊다. 로미오와 줄리엣은 프로스페로를 매개로 더욱 신세대고 사랑 자체며 미래 자체다. 죽음과 아뭏치도 않게 친근한, '동시에' 아름답고 참신한 사랑의 관계. 그것은 또하나의 관계인 '동시에' 관계의 또 다른 겹이고, 현재 모든 것의 역사적 밑바탕인 '동시에' 현재 곳곳에 숭숭 뚫린 미래의 창이다. 이 모든 것은 햄릿-리어왕-오셀로-맥베스의 고통의 전형성 없이는 불가능하고, 거꾸로, 그 순환 속에서 모든 작품들이 각각 역사적이고 영원하며 이러한 존재방식이야 말로 가상현실을 극복하는 예술현실 자체다. 모든 관계의 역사-사회적 관계가 말한다. 고도는 올 필요가 없다……. 《로미오와 줄리엣》에는 연극사상 가장 안쓰러운 배역이 나온다. 4막 2장 맨 앞에 한 하인이 그야말로 등장하자마자 심부름 명을 받고 대사 하나 없이 퇴장하고는 그만인 것. 이 역은 아무래도 셰익스피어 자신이 맡았지 싶다. 굳이 배우 하나를 더 쓸 필요 없고, 쓰더라도 그 배우가 몹시 언짢아했을 테니까. 성격화 중 티볼트가 과하게 악하고 캐퓰렛 영주가 과하게 (어린 딸에게) 폭력적인 대목은 옥의 티라 할 것이다.

《12야》는 분명 희극이고, 희극이므로 해피엔딩에 산문적이지만, 동시에 남녀의 사랑이 현대적으로, 희극이 비극의 살을 이루는, 최소한 모차르트 풍으로 우울한, 노래이기도 하다. 작품 전체의 미학 자체가 복잡하고 모순적이다. 남녀의 사랑은 언제나, 오묘하고 복잡다단한 것만으로도, 근대 너머라는 듯이.

비올라와 세바스찬은 거의 똑같이 생긴 쌍둥이 남매다. 바다에서 폭풍을 만난 둘은 헤어져 표류하다 일리리아 해변 각각 다른 곳에 닿게 된다. 비올라는 남장을 하고 이름을 세사리오로 고쳐 부르며 오시노 공작의 시녀로 들어갔다가 이내 그에게 반한다. 오시노는 아름다운 백작 부인 올리비아한테 빠져 세사리오를 보내 청혼하지만 올리비아는 오히려 세사리오(비올라)한테 홀딱 반하고, 그러는 동안 세바스찬은 자신을 도와준 선장 안토니오를 찾아 섬을 헤맨다. 안토니오는 오시노 공작이 수배령을 내린 '적군 지휘관'이었는데, 그가 어느 날 세사리오(비올라)를 보고 그를 세바스찬으로 오해하고, 자신을 알지 못한다는 세사리오에게 배은망덕하다며 비난하던 중 오시노의 부하들에게 체포당하고 세바스찬과 처음 마주친 올리비아는 그를 세사리오로 잘못 알고 청혼, 그의 승낙을 받아내고 그렇게 오해의 희비쌍곡선이

이어지다가 결국 비올라와 세바스찬이 재회하고 오해가 풀리고 안토니오는 용서받고 오시노와 비올라가, 그리고 올리비아와 세바스찬이 결혼한다.

《12야》에서 사랑은 한마디로 정체불명이다. 감정은 깊고 깊지만, 대상은 오리무중이고, 오해로 인해 상대가 뒤바뀌어도, 오해가 풀려 상대가 뒤바뀌어도 상관이 없다. 셰익스피어의 '너무 이른 나이 너무 연상 여자와의 결혼'에 따른 여성혐오증이 희극 정신을 변질시키고 있다는 말이 있지만, 여성혐오증이 사실이란들, 이것은 《12야》의 희극 정신을 변질시키기는커녕 근대 너머로 심화한다. 현대를 맞으며 결코 명랑해질 수 없는 인간 감정 관계의 한 경지를 우리는 먼저 보고 있다. 곁가지 이야기도 맞춤하다. 올리비아의 주정뱅이 친척 토비 벨치 경, 그를 남편 삼으려는 올리비아의 꾀 많은 하녀 마리아는 콧대 높고 뻣뻣한, 그리고 은연 중 올리비아를 사모하는 올리비아의 집사 말볼리오에게 올리비아가 쓴 것처럼 꾸민, 그녀가 말볼리오를 사랑하며, 이런 저런 촌스런 복장과 거만한 태도가 너무 좋아 보이더라는 내용의 편지를 길바닥에서 줍게 하고, 깜빡 속아 넘어간 말볼리오는 편지대로 하다가 미친 사람 취급을 받는 등 크게 골탕을 먹고, 그 와중에 마리아는 토비 벨치 경과 결혼한다.

《좋을 대로 하시든지》는 세상 혐오가 희극의, 해피엔

딩의 문제고, 이 문제 또한 희극을 변질시키지 않고 심화, 현대화한다.

올란도가 궁정 챔피언 찰스와 씨름시합에서 지는 것은 물론, 몸성하기가 힘들 것이라는 모든 이들의 예상을 깨고 대번에 승리하자 프레데릭 공작은 심기가 불편하다. 그는 형을 내쫓고 공작 직위를 찬탈했는데, 올란도는 전임 공작의 절친한 벗으로 용감하게 싸우다 전사한 로울랜드 드 부아 경의 막내아들이었던 것. 프레데릭의 딸 셀리아, 그리고 그녀가 끔찍이도 좋아하는, 그래서 아버지한테 애원하여 궁정에 머물도록 해 준 전임 공작 딸 로잘린드는 그 모든 게 신기하고, 올란도와 로잘린드는 서로 사랑에 빠진다. 프레데릭이 로잘린드를 쫓아내려 하자 셀리아는 로잘린드와 함께, 광대 터치스톤을 데리고, 각각 시골처녀 엘리어너와 소년 가니메데로 변장한 채, 전임 공작과 그의 부하들이 살고 있다는 숲-이상향으로 떠나고, 집으로 돌아온 올란도에게 충직한 하인 영감 아담은 올란도 형 올리버가 올란도를 죽이려 한다는 걸 알려 주고, 그들도 집을 떠나고, 프레데릭은 올리버에게 올란도를 추적, 사살하라는 명을 내린다. 굶어 죽을 지경에 처한 올란도와 아담을 착한 전임 공작과 그의 신하들이 구해 내는데, 신하들은 모두 즐겁지만, 단 한 사람, 자크는 우울병에 걸린 염세 철학자다. 올란도는 나무마다 로잘린드에게 바치는 연애시를 써서 매달고 로잘린드는, 자신의 정체를 드러내지 않고 교묘한 진실게임을 시작하고, 그와 동시에 터치스톤과 촌닭 오드리, 그리고 양치기 사내 실비우스와 양치기 처녀 피비 사이 애정 행각이 진행되는데 피비가 가니메데(로잘린드)에게 홀딱 반하면서 사태가 복잡해지다가 올란도가 올리버를 암사자의 위협으로부터 구해 주고 형제가 화해하면서 해결의 실마리가 열린다. 올리버는 셀리아와 사랑에 빠지고 가니메데는 올란도와 아버지 공작에게 정체를 드러내고 피비에게 실비우스를 사랑하라 설득하며 터치스톤은 오드리와 결혼하고, 대단원으로, 올란도의 작은형 자크가 프레데릭 공작 소식, 참회하고 물러나면서 공작 직위와 전 재산을 전임 공작에게 물려주기로 했다는 소식을 전한다. 로잘린드가 에필로그를 끝내면 막이 내린다.

로잘린드가 셰익스피어 작품에서 주역을 맡은 드믄 경우 중 하나라는 것도 중요하지만 《좋을 대로 하시든지》는 사랑에 빠진 남과 여 사이는 물론, 도회지(궁정)풍과 농촌풍 사이, 농촌과 이상향 사이, 우울한 염세 철학과 심오한 광대 해학 사이, 운문과 산문 사이, 현실과 연극 사이, 근대와 전원풍 사이, 그리고 걸작과 평균작 사이 넋을 놓는 듯한 방식으로 그 사이를 아우르는, 그리하여 사이의 좌우를 한없이 넓혀 가(도 좋다)는 의미의 '좋을 대로 하시든지' 같으다. 그러면서도 이 작품 또한 노래에 달한다.

《윈저의 즐거운 아낙네들》은 말 그대로 근대 형성의

장이다.

존 폴스타프 경은 배 나오고 뚱뚱하고 우스꽝스러운, 비겁하고 변명 잘하고 떠벌이기 좋아하고 낭비벽 심하고 무일푼인 술주정꾼이다. 그는 남편 있고 재력 있는 두 여자, 포드 부인과 페이지 부인을 유혹하여 물주로 써 먹겠다 결심하지만, 그가 쫓아낸 알랑쇠 둘이 그를 배반, 그 사실을 남편들한테 일러바치고 연서 내용이 똑 같은 걸 알게 된 두 여자는 그에게 개망신을 안겨 줄 계획을 짠다. 그의 구애를 받아들이는 척 하면서 그녀들이 제시한 요령을 따르다가 폴스타프는 빨래통에 섞여 도랑에 버려지고, 여장 한 채로 포드에게 두들겨 맞고, 급기야는 오밤중 숲에서 가짜 요정들한테 단단히 험한 꼴을 당하며, 그러는 동안 페이지의 딸 앤은 부모가 각각 미는 구혼자 두 명을 따돌리고 연인 펜튼과 맺어지는 데 성공한다.

문학사상 폴스타프만큼 희극적인 동시에 불쌍한 등장인물은 없다 할 것이다. 그가 맞는 좌절과 망신, 그리고 험한 꼴은 처음부터 예상된 것이지만 여러 번을 읽더라도 그 재미가 좀체 줄지 않으며, 그가 구사하는 문학적 희극성은 읽을수록 오히려 묘미를 더한다. 이 작품은 9할 가량이 산문이고 여기서 산문은 중세풍 외국어와 시민사회풍 방언 사이 경계고, 경계의 무너짐이고, 로망스의 배제고, 영국 민족어의 탄생이고, 하녀 일상까지 포함한 직업 등장이고, 여권 신장이고, 세부 사항이 복잡하고 치사하기 짝이 없는 시민사회의(셰익스피어 자신의) 상속 내용이다. 특히 폴스타프의 산문으로써 운문의 권위가 마침내 붕괴되기 시작한다. 질탕하고 잡다한, 그리고 질탕이 잡다한 저잣거리 산문이 시의 비극적, 혹은 귀족적 순결을 압도하기 시작한다. 그 광경은 《맥베스》의 (덩컨의) 죽음 혹은 (맥베스의) 죽임의 운문과 (문지기의) 코믹의 산문이 서로를 상승시키는 장면보다 덜 전율적이지만, 더 본질적인 근대의 장면이다.

《한여름 밤의 꿈》은 명백히 프로이트 개념 박물관이고 프로이트 정신분석 너머다.

막이 오르면 아테네 테세우스 궁전, 왕이 히폴리타, 아마존 여전사들의 여왕과 결혼식을 치르기 하루 전이다. 헤르미아와 리산더는 서로 사랑하는 사이지만 헤르미아의 아버지 에게우스가 결혼을 반대하고 아버지의 권리로 자기 딸을 데메트리우스에게 시집보내겠다고 테세우스에게 청하지만, 데메트리우스는 헤르미아의 친구 헬레나가 좋아하는 인물. 테세우스가 헤르미아에게 아버지 뜻에 복종하라고 명하자 두 연인은 근처 숲으로 달아나고, 데메트리우스와 헬레나가 그들을 쫓는다. 숲에서는 요정 왕 오베론이 미소년을 끼고 도는 자신의 왕비 티타니아에게 화가 치민 나머지 요정 로빈에게 명령, 잠에서 깨어나 맨 처음 보게 되는 사람 혹은 짐승과 사랑에 빠지게 만드는 마법의 꽃즙을 티타니아 눈꺼풀에 바르게 한다. 오베론은 숲 속에서 데메트리우스에게 고생스레 매달리는 헬레나가 딱하여 데메트리우스 눈꺼풀에도 즙을 발라, 깨어나자마자 보게 될 헬레나와 사랑에 빠지도록 하라고도 이른다. 로빈은 잠든 티타니아 눈꺼풀에 즙을 바르지만 실수로 리산더 눈꺼풀에도 바르고 그가 깨어나 헬레나를 보게 되니 네 사람 모두 자신을 사랑하지 않는 사람을 사랑하게 되고, 로빈은 숲에서 테세우스 결혼식 때 공연할 연극《피라무스와 티스베》를 리허설 중이던, 뜻은 좋으나 예술에는 터무니없이 무지한 아테네 막일꾼들 중 우두머리 배우 바텀의 머리를 나귀 머리로 바꾸어 나머지 막일꾼들을 혼비백산케도 하는데 그 소동에 잠이 깬 티타니아가 나귀 머리와 사랑에 빠지니 오베론도 퍽도 유쾌하고 바텀은 요정들의 수발을 받으면서 으스댄다. 오베론이 연인들을 원위치 시키라 명하고, 데메트리우스가 이제 헬레나의 사랑을 받아들이고 테세우스가 그들 모두에게 축복을 내리니 연인들은 모든 문제가 풀리고, 얼마 안 가 오베론은 티타니아도 마법에서 풀어 주며, 바텀은 환상적인 꿈을 꾸었다 생각하고 그와 그의 서투른 동료들의 테세우스 궁정 공연은 커다란 성공을 거두고 관객들을 대단히 즐겁게 한다.

본 줄거리는 마치 프로이트를 분석하는 프로이트 소재 같다. 그리고 해피엔딩 끝에 이어지는《피라무스와 티스베》는 현대연극의 온갖 장르(다다-, 초현실-, 소외-, 잔혹-, 부조리- 등등)를 포괄하면서(참혹 줄거리에, 돌담, 달 등 무대장치도 말을 하고, 사자는, '난 진짜 사자가 아니다'며 관객을 미리 안심시킨다) 현대 연극의 어느 걸작보다 더 재미있고, 총체적이다. 그것은 해피엔딩 이후의 응축이며 극치며 악화다. 그것은 《로미오와 줄리엣》의 희화화이자 《리어왕》의 예감이기도 하다. 그리고, 신화적 역사와 역사적 신화 사이를 파고드는, 환상적인 현실과 현실적인 환상 사이를 파고드는, 연극 정신의 초현대이기도 하다.

《베니스의 상인》은 말 그대로 자본주의 형성의 장이다.

가난에 쪼들리게 된 베니스 귀족 밧사니오가 부유한 무역업자 친구 안토니오에게 아름다운 상속녀 포오샤에게 정식으로 청혼하는 데 필요하다며 3천 더컷을 빌려 달라 하고, 수입 상품에 모두 투자한 터라 현찰이 없던 안토니오는 고민 끝에 평소 혐오하던 유태인 대금업자 샤일록에게 상품을 담보로 돈을 꾸어 빌려주려고 하지만 그에게 앙심을 품고 있던 샤일록은 담보 대신 '못 갚을 경우 살 1파운드를 내놓는' 조건으로 돈을 내주고, 밧사니오는 포오샤 아버지가 죽기 전 고안한 세 상자 중 하나 고르기 시험을 통과, 다른 구혼자들을 물리치고 포오샤를 차지하지만 안토니오의 수입 선단이 통째 가라앉아 안토니오가 꾼 돈을 갚을 수가 없게 되었다는 소식을 듣고는 베니스로 급히 떠난다. 재판장인 베니스 공작에게 샤일록은 계약대로 안토니오의 살 1파운드를 베겠다는 고집을 꺾지 않고 안토니오가 목숨을 잃을 위험에 처하지만 변호사로 변장한 포오샤는 1파운드에서 한 치의 오차라도 있으면 죽을 줄 알라며 샤일록의 기를 꺾고 그가 베니스 시민의 목숨을 노린 혐의로 오히려 샤일록을 고발, 판세를 완전히 뒤집는다. 공작은 샤일록이 기독교로 개종하고, 기독교도와 결혼한 그의 딸 제시카의 유산상속권을 회복시켜 주는 조건으로 샤일록의 목숨을 살려 준다.

셰익스피어는 유태인 혐오자였던가? 이 작품만 하더라도, 그렇게 보기는 힘들다. '유태인 샤일록'을 악살매기는 줄거리이기는 하지만, '베니스의 상인' 안토니오는 겉보기만큼 선량한 사람이 아니고 샤일록은 겉보기만큼 악독한 사람이 아니며, 밧사니오는 겉보기만큼 신사적인 사람이 아니고, 포오샤 또한 겉보기만큼 순정한 여인은 아니다. 세 상자 게임에서 밧사니오가 이탈리아, 독일 귀족, 모로코, 아랍, 페르시아 군주까지 따돌리는 과정은 그가 어줍잖은 귀족 근성을 버리고 자본주의적 결혼 방식에 정통해 가는 그것에 다름 아니고, 포오샤가 재판을 주도하는 과정은 그녀가 자본주의적 재판 및 변호 방식에 정통해 가는 그것에 다름 아니다. 안토니오는 밧사니오에게만 선량할 뿐, 자본의 논리를 환히 꿰고 있는 인물이며, 샤일록에게 처음부터 너무 무례하다. 고리대금은 뚜렷한 언급이 없고 이자라는 말을 쓰는 것은 바로 안토니오고, 샤일록은 이익이라고 표현하니(1막 3장 45-46행) 샤일록에 대한 안토니오의 (근거 없는) 적개심은 중세 잔재에 대한 신흥 자본주의의 그것이라고 할 수도 있다. 다른 한

편, 어쨌거나, 샤일록은 자본주의적으로(도) 너무나 명쾌한 논리를 펼치고, 문학적 재치도 그에 뒤지지 않는다. 아니, 오히려, 그의 맞상대들이 낭만적이고, 비유의 수준이 꽤나 뒤진다. 포오샤는 재치에서 이기지만, 문학성이 없고, 그녀의 응징은 샤일록 못지않게 잔인해 보인다. 그리고, 법적으로, 포오샤가 변호인 자격이 없으니 재판 전체가 사기극이다. 요는, 무언가 바뀐 세상이, 다가와 있었고, 그 바뀐 세상의 바뀐 이윤획득 법칙이 등장인물 거의 모두를 똑같이 지배했다. 한 사람이 악독했다면 그건 본의가 아니었고, 다른 사람이 착했다면 그것 또한 본의가 아니었다. 다만 영원한 사랑의 법칙이 그 똑같은 법칙의 선과 악 두 측면을 무리하게 갈라내고, 당연히 후자를 쳤다. 그러나 그 선악은 동전의 양면이었으므로, 세상이 바뀌는 것을 가로막지 못했다. 자본주의는 그 뒤로 그들의 이분법적이고 개인적인 애정관계와 무관하게 성장한다. 그리고 재판관까지 포함하여 아무도 자신이 착하고 싶어도 최종적으로는 착할 수 없게끔 되는 세상이 오리라는 것을 예상치 못했다. 더 불행한 것은 악에 대응하는 역사의 발전 경로다. 자본가 '개인'이 실제로, 아주 사소한 데까지, 단돈 10원까지도 악독하기를 바라는 것이 습관이 되고 병폐가 된다. 그 '개인'이 실제로 착해 보일 때, 대응력은 그 자체 어쩔 줄 모르기가 태반이고 심지어 대응 자체를 포기하기 일쑤로 되고, 어떤 안간힘이나 역부족의 표현으로 된다. 자본가들은 100억을 벌 수 있다면 99억 원어치의 선심을 투자한다. 악을 변혁하려는 자도, 개선시키려는 자도, 그러한 자본주의의 이윤 예상력 혹은 상상력을 따라잡지 못했다. 눈부신 자본주의 성장 속에서, 각 개인에게 100만 원을 주고, 500만 원 이상을 가져간다는 논리는 그런 중세기적 선악 개념 때문에 설득력을 갖지 못했다. 대응세력의 본질적인 성장과 현상적인 진출을 구분하여 결합치 못하고, 특히 후자의 누추한 가두투쟁 측면에만 집착하여, 그 수준을 전자의 수준으로 착각, 급기야는 대응세력이 자본주의 발전 이상으로 실제로 발전했으며, 또한 실제로 발전해야 한다는 사실과 명제 자체를 부인하게 되는 저항운동사는 아직 끊이지 않고 있다. 《베니스의 상인》의 등장인물 대부분 자신의 이윤 예상력의 결과를 예상치 못했다. 그것은 그들 선의의 능력으로도, 계산의 능력으로도 도저히 감당할 수 없는, 훨씬 더 거대하고 훨씬 더 오묘한 인간-사회-역사적인 결과이기도 했기 때문이다. 《베니스의 상인》은 샤일록에게 유죄를 내릴밖에 없다. 난 여기서 우리 시대 소위 진보 세력이 처한 함정을 떠올린다. 샤일록의 원시적 형벌은 그것 때문에 덜 그악스러워 보인다. 아니, 그 결과로 보인다. 파국을 맞은 샤일록의 짤막한 질문 혹은 답변 '그게 법이오?'(4막 1장 309행)는 《리어왕》의 그것보다 약간만 덜 비극적으로 측은하고, 간결하고, 명징하고, 엄혹하다. 포오샤와 샤일록 대사는 운문과 산문이 뒤섞여 있고 갈수록 모든 등장인물 대사가 그렇다. 샤일록이 너무 늙었다는 것, 대사 내용에 비해 비유 혹은 뉘앙스가 너무 성적(性的)이라는 것이 이 작품의 하자라 하겠다.

《헷갈려 코메디》는 초기작이라 비교적 미숙하고 단순한 편이지만 거꾸로, '셰익스피어, 장르 언어의 이름'이라는 맥락에서 위 작품 전체를 담을 수 있는 크기의 그릇일 수 있다.

시라쿠사와 원수지간인, 사기와 마법 행각으로 유명한 에페수스에 시라쿠사인 에게온 노인이 들어왔다 피체, 몸값을 치르지 않으면 사형당하는 신세를 맞는다. 입항 이유를 묻는 공작에게 노인은 18년 전 바다에서 풍랑을 만나 아내와 쌍둥이 자식 하나, 그리고 가난한 부모에게서 데려와 키운 쌍둥이 하인 하나를 잃었는데 시라쿠사에서 성장한 나머지 아들 안티폴루스와 나머지 하인 드로미오가 자기 쌍둥이 동생들을 찾겠다고 떠난 후 역시 소식이 없는지라 그들을 찾아보러 왔다고 하니 공작은 노인이 불쌍해서 24시간의 말미를 준다. 동생들은 같은 이름으로 주인과 신하 관계로, 주인은 아내와 처제, 그리고 다른 하인들까지 거느리고 에페수스에 살고 있었고 똑같이 생긴 두 안티폴루스와 두 드로미오, 그리고 두 주종 관계의 병존은 숱한 오해와 혼란을 야기시켜 마법 탓으로 여겨질 정도의 절망적인 상황에 이르지만 역시 해피엔딩. 에게온은 두 아들과 두 하인은 물론 아들을 잃고 수녀원장으로 은둔 참회 중이던 아내까지 되찾게 된다.

김정환

1954년 서울 출생. 서울대 영문과를 졸업했다.
1980년 《창작과 비평》에 시 '마포, 강변동네에서' 외 5편을 발표하면서 작품 활동을 시작했다.
시집 《지울 수 없는 노래》《하나의 이인무와 세 개의 일인무》《황색예수전》《회복기》
《좋은 꽃》《해방 서시》《우리 노동자》《기차에 대하여》《사랑, 피티》《희망의 나이》
《노래는 푸른 나무 붉은 잎》《텅 빈 극장》《순금의 기억》《김정환 시집 1980-1999》
《해가 뜨다》《하노이 서울 시편》《레닌의 노래》《드러남과 드러냄》 등 20여 권의 시집과,
소설 《파경과 광경》《세상 속으로》《그 후》《사랑의 생애》,
산문집 《발언집》《고유명사들의 공동체》《김정환의 할 말 안 할 말》,
평론집 《삶의 시, 해방의 문학》, 음악 교양서 《클래식은 내 친구》《내 영혼의 음악》,
문학 창작 방법론 《작가 지망생을 위한 창작 강의 일곱 장》,
역사 교양서 《상상하는 한국사》《20세기를 만든 사람들》《한국사 오디세이》 등이 있으며,
《더블린 사람들》《세익스피어 평전》 등을 번역했다.
2007년 제9회 백석 문학상을 수상했다.

윈저의 즐거운 아낙네들

첫판 1쇄 펴낸날 | 2010년 4월 12일
지은이 | 셰익스피어
옮긴이 | 김정환
펴낸이 | 박성규
펴낸곳 | 도서출판 아침이슬
등록 | 1999년 1월 9일(제10-1699호)
주소 | 서울시 마포구 합정동 411-2(121-886)
전화 | 02)332-6106
팩스 | 02)322-1740
이메일 | 21cmdew@hanmail.net
ISBN 978-89-88996-83-6 04840
ISBN 978-89-88996-82-9 (세트)
책값은 뒤표지에 있습니다.